张文宝 著

银杏教会我们成长

中国书籍出版社
China Book Press

图书在版编目（CIP）数据

银杏教会我们成长/张文宝著. —北京：中国书籍出版社，2019.1（2024.1重印）
ISBN 978-7-5068-7055-9

Ⅰ.①银… Ⅱ.①张… Ⅲ.①散文集—中国—当代
Ⅳ.①I267

中国版本图书馆CIP数据核字（2018）第248946号

银杏教会我们成长

张文宝　著

图书策划	牛　超　崔付建
责任编辑	武　斌
责任印制	孙马飞　马　芝
出版发行	中国书籍出版社
地　　址	北京市丰台区三路居路97号（邮编：100073）
电　　话	（010）52257143（总编室）（010）52257140（发行部）
电子邮箱	eo@chinabp.com.cn
经　　销	全国新华书店
印　　刷	三河市华东印刷有限公司
开　　本	650毫米×940毫米　1/16
字　　数	225千字
印　　张	19.25
版　　次	2019年1月第1版　2024年1月第2次印刷
书　　号	ISBN 978-7-5068-7055-9
定　　价	68.00元

版权所有　翻印必究

目录

心动之间

银杏教会我们成长	/ 002
与鱼共舞	/ 007
苦难与风华	/ 010
上海一只蚂蚁	/ 013
贺兰山的岩羊	/ 017
遇骡子小记	/ 019
三檀抱石	/ 021
青花瓷铺出的小镇	/ 023
灌云"冬虫夏草"	/ 026
在咸亨酒店里醉酒	/ 030

睢宁唢呐 / 033

眼　睛 / 036

乘滑轮车去北京 / 038

"两来风"辣汤 / 041

灌云"徐氏神贴" / 044

小鸟拽着的目光 / 047

徐州街上钓鱼 / 050

那晚，雨下得很大 / 053

月亮吟唱着 / 056

走一回村路 / 059

我们的乡村 / 062

在郯庐断裂带上 / 065

春蕾是从哪里来的 / 067

太阳从海面上升起 / 069

伊村出发 / 072

日本的早晨 / 075

日记上的日本 / 078

英伦三岛的旅程 / 082

凝重与致敬 / 099

向汉旺的钟楼肃然起敬 / 107

白水茶 / 111

读书二十二味 / 114

母亲与女孩 / 116

酒和人生　/　119

鸟儿一样飘飞的树叶　/　121

老街不老　/　123

老街的名气　/　125

苍老是一段年华　/　127

一瞥之间

大丰梅花　/　132

鸟儿不肯离开的山谷　/　136

江南之最　/　139

荷花之上　/　143

一半海水一半景　/　146

几瓣花儿　/　148

风雨钱塘江　/　151

梨花雪中　/　154

春天从哪里来的　/　157

郡岭庄园　/　160

岳麓山泉声　/　163

愤怒的鸟群　/　166

白荷红荷　/　169

福建过来的泸溪河　/　172

北戴河的河流　/　174

一勺海 / 177

天马岛四记 / 180

最美丽的一个小渔村 / 184

吴淞口出海 / 187

白雪似的山峦 / 190

赤足樱桃涧 / 193

海南岛行 / 196

芦苇荡淹没了我 / 201

轻轻地吻一下岚山 / 204

黑白之间

瘦西湖上的朱自清 / 208

插上一朵花 / 211

打山洞的叔父 / 214

好老头汪曾祺 / 217

亲和思念 / 220

生命因凄然而美丽 / 225

活在自己的世界里 / 228

用诗歌支撑着自己 / 233

中国海岸线上一道风景不见了 / 237

海是一种眼光 / 240

天空没有翅膀的痕迹 / 243

热望的目光 / 246

致一个文学人 / 249

一个有深度的符号 / 252

鹰的高度 / 255

盈尺之间见壮阔 / 258

在笔锋下决出生活 / 262

禅意山水 / 267

世界上没有无故乡的人 / 270

故乡写在纸上 / 272

用刀痕抒情 / 276

书法如人 / 279

撒在土地上的种子 / 281

对世界和自然山水的追问 / 286

一个同学的风景 / 289

朋友，犹如一本好书 / 293

后　记 / 296

心动之间

紫金文库

银杏教会我们成长

我与银杏像有了契约,逢到人生甲子这一年,当银杏的叶子变得金黄色时,我会来到树旁,看看、摸摸她,与它一起呼吸、说话、游戏。

甲子一轮六十年,白驹过隙,说到就到了。

邳州举办银杏文化节,这一天,恰好是我冥冥之中要牵手银杏的日子。

我来了。

这是一片看不到边际的银杏排列组合的森林。

这是一棵随风摇动闪烁金光的银杏。

这是一枚飘向你的银杏的落叶。

人能与银杏比吗?比不得的,不仅人没法子比,与银杏一起生存过的某些古老生物都没法比,它们灭绝了,留下化石,而银杏活着，被叫为活化石。

小小的一棵银杏树上短短几厘米的枝干都会有几十年的寿命，我一个甲子六十年与之相比，不过是九牛一毛。

银杏的好处不用说了，大文人郭沫若曾赞誉：我知道，你的特征并不专在乎你有这和杏相仿的果实，核皮是纯白如银，核仁是富于营养——这不用说已经就足以为你的特征了。

法国哲学家帕斯卡尔在《思想录》中有这样一段话："人只不过是一根苇草，是自然界最脆弱的东西；但他是一根能思想的苇草。"

照此类推，所以人是一根有思想的芦苇。

果真这样？如果人是一根有思想的芦苇，那银杏呢。芦苇岂能与银杏相比，银杏是为其他树和芦苇甚至人类而生的探索者，是来帮人们彻悟人生和探求人文宇宙的精神。它是思想的火炬，照亮芦苇。

我被银杏照亮了。准确地说，那是邳州港上的银杏。

我没有见过这般大海一样浩瀚的银杏的森林，它庞大的不见起点、也不见终点。今年的秋景似乎来得迟了些，银杏的叶子没有燃烧得变成金灿灿的黄色。尽管这样它还是比周围河边路旁那些杨树跨入深秋的脚步要快，闹的热烈。那零星的一棵棵杨树还是青翠一片，似乎没有从绵长的夏天里觉醒过来，在傻里傻气的端详和谈论怎么听不到知了的叫喊声，诧异地看着四面八方的人群向披着金色新妆的银杏涌来。

港上的银杏成块成方，横竖成行，有的树有碗口粗，有的树需要三两人才能合搂过来。站在树下仰望，银杏形体美，树干笔直而坚挺，枝条遒劲，白云在树梢上悠悠哉哉。

银杏叶形美，像一个打开的折扇，形若"蝴蝶"的叶子被风刮下来，优雅地飞舞。

在树林里，随意一棵银杏，一枝杈条，一片叶子，大大小小、高高低低、正的斜的，感觉都是一幅油画、一帧摄影作品，那是目不暇接、美不胜收。阳光暖暖的，树叶暖暖的，林里暖暖的。

树上的叶子灿烂得透明发亮，望起来，它们活像一个个快乐的小天使，挥着柔和的小手，在微风中热情地呼喊着游人，不停撒下铺天盖地、吉祥如意的叶子，听来如下雨。有的叶子上带着晶莹澄净的一点露水，滴在手上像冰一样硬凉，舒畅得我心花怒放。朝树上仔细瞧，它的果实也熟透了，不时会划一条直线坠下来，有几枚还落到我头上、肩上。忽发奇想，我仰起脸，张开嘴，看果实能不能掉到嘴里。它没有给我这个雅兴，噼哩啪啦掉进草地里，调皮的连连砸到游人头上。

一个叫"时光隧道"的银杏森林，收藏了天上全部的阳光和天地间银杏的精粹。它吸引了成群结队的男女老少，像一群群雀子，喊喊喳喳、摩肩接踵、源源不断地涌过来观赏，流连忘返。

是谁的灵光闪耀起了"时光隧道"的名字，寓意真好，十分形象、贴切。这一条长长的大道，两旁的树长得高耸、长得粗壮，枝杈与枝杈、叶子与叶子密密麻麻地交织于一起，密不透风，形成了高高的、金黄色的穹窿。

上面落下的叶子覆盖在路上，像铺上一层松软、绚烂的地毯。

银杏教会我们成长

天上地下金光华彩、熠熠生辉；漫步其间，暖意融融，微风不时轻拂，落叶翩翩起舞，宛若天女散花，落满人的头上、肩上。游人在"地毯"上轻挪脚步，脚底沙沙作响，宛如天音，让人心驰神荡，恍如天上人间，游荡飘逸于九天银河。

在"时光隧道"里，我一小步一小步走着，时间从身边悄悄地离去，金黄色的光晕湮没了我。我穿越时光的波浪，穿越五彩斑斓、迷迷离离的点点星光，款款地飘进金黄色的霞霓里。踏上了逆时光隧道，回到了昨天，回到了过去，回到了无忧无虑的年代。

我哂笑二十岁那个幼稚却又自以为是的自己，哂笑那个插队在乡村里第一次招工落榜那忧伤又沮丧的小知青一副落魄的样子，哂笑那个从家中翻山跋涉回知青点、一路上捧读着头一回发表的作品走进村里的喜形于色的癫狂样子。曾经发生过的天大的事在此时此刻看来，都是轻松的、好笑的、甚至不值得一提。

"时光隧道"里一股金黄色的漩涡般的神力抓住我不放，我返回到几年前曾经走过、看过的银杏前。

我走在南京明孝陵甬道上，秋风扫过两旁的银杏，扫过一尊尊石像，树叶漫天纷飞，遍地翻滚，它带给我几分肃杀和悲凉。我伫立在连云港宿城半山上的悟道庵的残垣断壁前，站在两棵千年的银杏下，看到落下的黄叶整齐的层层叠叠地铺满在两块几吨重的巨石上，心情悲怆和沉重。心情的沉郁，我怎能不压抑？银杏这灵性的树，经历的朝代多了，遭遇的劫难也就太多了，它比我们更知道世态炎凉、人间冷暖。

时间教会我们成长。

走出"时光隧道",银杏的叶子早已埋住了我的心。走过山山水水,亲近过许多银杏,是港上的银杏拂来的温暖的风推开了我的心扉。

遍地流"金",遍地暖意,银杏的一片片叶子铺展出来的大地,像一封封信笺。忽然,我想给这清爽的长天和大地写信,想给自己写信:六十年,长吗?六十年,我不过是从一瓣粉芽成长为一棵小树。若想长成港上的银杏一般的大树,我还需要有银杏一样的大境界,佛为心,道为骨,儒为表,大度看世界……

银杏是智者,它会开解人。

与鱼共舞

吃鱼不如钓鱼。

世上吃鱼的人比钓鱼的人多,可在连云港徐圩这地方,人人都爱吃鱼,人人也都喜爱钓鱼。

徐圩人钓的大都是沙光鱼。七月里,炎炎夏日,沙光鱼又瘦又小,不像十月天里,菊香鱼肥,沙光鱼长得又肥又大,熬出的汤浓稠得赛羊汤。

不少徐圩人好在七月里钓沙光鱼,这时的鱼个头不大,红烧出来却鲜嫩爽口。出于喜好吃沙光鱼,更好奇于徐圩怎么就盛产沙光鱼、那里的人怎么就有火一般的热情热衷于钓沙光鱼……赶在七月里,顶着骄阳,我到了徐圩,想看看,尝尝鲜,还想过把钓鱼的瘾。

几十年前,连云港市区的人鲜有知道沙光鱼,就不说省城南京了。记得有影响的文学刊物《雨花》要发表一篇千字文的沙光鱼短文，负责人问我，沙光鱼是什么样的鱼，怎么没听说过啊。在连云港文人圈子里，也曾为沙光鱼三个字怎样写还争论过。

好吃的鱼，人岂能不喜爱。沙光鱼口味鲜美、汤汁粘糯，如乳汁般清香，能用作乳母催奶。连云港人把它捧上了桌子。

沙光鱼挑剔得很，选择河与海交叉的地方生活。曾有见过世面的人说，走了不少海边城市，只有连云港有沙光鱼。

徐圩是盐场，有海有河，纵横交错、七沟八岔，水里都有成群结队浅游的沙光鱼。徐圩的河水，有碧清的、有混沌的，在清亮的河水里看得见一条条大大小小的沙光鱼，优哉游哉。河边、桥上、跳上、船边上，都是手握长短不一的竿子垂钓的男女老少。钓沙光鱼不用钩子，这鱼爱吃生长在盐场海边的海蚂蟥，把挖来的蚂蟥用盐腌死后，用线把它串成串，拴在锡坠的最底下，就能钓上沙光鱼。

徐圩人钓沙光鱼精透了，右手拿着竿，左手拿着抄网，慢慢不断地移动竿子，让线下的死蚂蟥"活"起来，游动着，沙光鱼一旦咬上，举竿伸网，鱼就进了抄网里。徐圩人像位魔术师，竿子几乎一伸到水面上，马上就会钓到鱼，他们不停地把鱼装入篮子里，看得我眼花缭乱、应接不暇。一个下午，钓鱼人的篮子里装满了沙光鱼。

看别人钓鱼，自己心里最犯痒痒，急不可耐，也想能一显身手。我终于站到河边举起了钓竿，借了点死蚂蟥，学着徐圩人怡然自得的神情，随便打上几竿。几次，不是鱼儿上钩后拖着钓线直跑，就是扬竿时鱼儿丢失了。徐圩人忍不住笑了，说看起来钓沙光鱼不用钩是很容易的事，其实不简单，要能麻利地钓上鱼，是要用心的，用心那就是用钩嘛。

真是这样？我想，这话不无道理。世上的事，凡是用心地做，几乎没有做不好的。心，就是一盏灯，静了，才能点亮。

我静下来，用心钓鱼，真的就灵光了。鱼似乎都看见"嬉戏"的死蚂蟥，冲过来，一口咬上。我不慌不忙，手中的钓竿和抄网动作协调一致，有张有弛，鱼到抄网到，钓起了鱼。

晚上，我吃的是自己钓的二十几条有小手指那么长点的鱼儿。鱼香扑鼻，绕口不散，沁入肺腑。吃着自己钓的鱼，别有一番滋味。然我没有饕餮大餐，沉浸于垂钓的美妙意境里。吃鱼只不过痛快满足了舌头，钓鱼却有一种形容不出的风软天蓝、心驰神往的醉意。

在徐圩，我与鱼共舞……

苦难与风华

今年的春天，几乎天天都在下雨，雨不大不小，斜斜密密的雨丝亮晶晶的。成了习惯就没法改了，每年一到这个时节，我与文友会结伴踏青赏花，有时三、两人，有时一群人，像一大片云彩似的，呼啦啦涌向桃花绚烂的石棚山。

下着小雨，在屋里沙发上躺着看书，我心情最惬意。这时，我翻了几页书，无心看下去。窗外的雨丝没有阻挡住温馨的回忆，我想着去年在灌云千亩梨园里赏花，用鼻子靠着花瓣，用脸抚摸花瓣，用眼睛与花蕊说着悄悄话。我心里弥漫着梨花的芬芳，漫天的雨丝像春天的一瓣瓣花瓣浸润我的肺腑。当我翻开书的时候，分明感受到梨花一种洁白明亮的光芒，直抵心底。

雨什么时候才能歇息呢？再过几日，桃树、梨树、苹果树的开花期就过去了，这个春天也就算匆匆离去。没有春天的日子是多么地荒芜、寂寥，没有看见桃树、梨树、苹果树开花的日子还算是春天吗？爱人泡了一杯茶，放在我面前，她说："喝杯春前茶，像看了桃花梨花一样，香味浓醇。"

我说："桃花梨花哪有多少香味，赏花是赏姿容、颜色，赏那绿瘦红肥极不对衬的自然美，赏花的矜持和宁静。"

爱人说："我只是说一点大概意思嘛。"

茶水杯上香气袅袅，更添赏花念想。想一想，觉得大自然真是十分有意思，桃树、梨树都是先开花、后抽叶，茶树是先长叶、后开花，而开的花让茶农忧心忡忡。但它们都有一样的心境，桃树、梨树能"放"、能"收"，茶叶能"浮"、能"沉"。它们都能宁静，心无尘埃。我们赏花，为求解脱。我们灵魂总被太多的世俗所束缚，应找回真正的静谧，不以物喜，不以己悲。

厨房里响起一阵锅碗叮当响，爱人早早做好饭菜。我瞅着她忙碌的背影想，离中午吃饭时间还早，她早早做好饭菜要干嘛？她钻进卧室，淡妆浓抹。她拿起一把折叠伞，我才意识到，她要外出。临出门，她说了一句话："我与朋友们约好，去看桃花。"

我以为耳朵没听清楚，问道："干什么？"

她又说："去看桃花。"

我对她眨眼，失笑。我正为下雨不能去赏桃花发愁，她却要去看桃花，这不是痴人说梦吗。我说："下雨怎么看？桃花早被雨水淋得像落汤鸡一样。"

她眼中闪着桃花般的光彩说："下雨也要去看看，约好的事不能改。"

我自言自语地说："没见过，雨中看桃花。"

只以为爱人太偏执、倔强了，她一定会乘兴而去、败兴而来。

我坐等爱人归来。

她回来了，春风满面，神采奕奕。我分明看到一个被桃花熏染而变得激情美丽的女人，一双眼睛像清澈的夜空中嵌着的宝石般闪亮的星星。

看样子，她看桃花是过足瘾了。雨中的桃花能看出什么好呢？

我凝视着窗外无声无息的雨丝，眼前幻化出一片如云的桃花。它们浸泡在冰冷的雨水中，有的花瓣凋落在地上，有的花瓣摇摇欲坠，有的花瓣蜷缩着……但，花瓣颜色不褪，鲜活动人。我找到了真正的内心静谧，找到了爱人被桃花熏染而变得激情美丽的缘故，风雨中的桃花的美丽，是因苦难而风华、风流的！

上海一只蚂蚁

我是上海一只蚂蚁。

我做蚂蚁三十年了，1995年第一次到上海，见到灯红酒绿的大都市宽敞的马路，华贵的街灯，繁华的商店，摩天的大厦，川流不息的轿车，两眼看这个顾不上瞧那个。半天时间里，只走了几条大街，腿脚早已累得抬不动，脖子摇来摇去已发酸。

我低下头走路，另一番的景观又出现了。满眼是数不清的双脚和双腿，啪嗒啪嗒，像满池塘的青蛙鸣叫，又像是一根根密不透风的芦苇在摇曳。

我被遗忘了，像被人踩丢掉的一只旧鞋子，没人愿意看你一眼。我躲闪着一只只各种各样的脚，怕被他们踩着、踢着。

我想起了自己遥远的海边、寂静的苏北，想起了用碎石头砌成墙壁的简陋的家，想起了家院里在泥地上纷纷爬着的一只只黑蚂蚁。在蚂蚁面前，我是一个巨人，它们无法与我斗气，向我发起挑战。它们大的没有小指甲盖大，小的比小米粒还小，排着队，小爪子忙得不可开交，没早没晚的爬行，不知疲倦。

我戏弄蚂蚁，用手指轻轻松松地捏起来，它六爪朝天，连连骚动，向我求饶，能放它一条生路；我颐指气使，在地上轻轻画一条沟，要它越过去。它几只细小的腿紧张地不停地爬上爬下。我威风凛凛，一只脚突然横在它面前，它像看见一座大山，仰天长叹，我什么时候才能翻过这个庞然大物啊！它爬上我的脚，我就把它赶下去，它又爬……

做蚂蚁太可怜了！

在上海，我是一只蚂蚁，甚至不如一只蚂蚁，我垂下了人类高贵的头颅。浩瀚面前只有渺小，渺小中的浩瀚也是渺小。

博大的上海让我知道自己是一只蚂蚁，在这个世界上没有真正活过，知道自己在这个世界上究竟是谁了。

在苏北肥沃的土地上，我天天地生长，有着快乐，有着忧伤，也有着歌唱。我感觉到自己的心成熟了，不再会动不动就心疼，可以再次进上海了。我想在上海南京路上、外滩景观大道上证明自己到底是不是蚂蚁，要找回一点做人的影子。

我出现在上海地铁里。

我以为上海大街小巷里的人尽管烦恼眼前如蚂蚁般的人群，不愿人见人，人撞人，人吵人，人烦人，人累人。但他们还是喜欢在城隍庙如同树林般的人潮中踮起脚尖看热闹，喜爱看东方之珠夜的四射魅力，喜好听黄浦江上轮船的汽笛声，他们在人群中随波逐流。

我不知道身上哪一根神经末梢出了问题，突然间，冒出一个怪想法，要到地铁里去，到深深的地下，那儿人少，安静。我下到地铁里，心沉了，原来地铁里的人更多，地面上的人群仿佛全部汇聚到了地下。一条狭缝里，人潮涌来涌去，涌进涌出，人挨人，人挤人，虽然没有人高声讲话，没有人大声咳嗽，脚步的潮汐却此起彼伏，漫来卷去，震耳欲聋。

地铁里满眼都是人，匆匆赶路的脚步声，步调一致，哗哗哗；上阶梯的脚步声，还有着韵律，噗噗噗；下阶梯的脚步声，一下是一下，叭叭叭。黑压压的人流，不是你望着我，就是我望着你。人流朝我涌来，一双大脚踩下来了，又一双小脚踩下来了，又一双大脚踩下来了，我没办法不当一只蚂蚁。

我觉得，地铁站里的人群与地面上的人群不一样。地面上的人群从表情、穿戴、姿态上有高贵与卑微之分，地铁里没有，都是匆匆过客，擦肩而过。人与人都是一样的，一样的眼睛，一样的鼻子，一样的嘴巴，一样的呼吸，你望我、我望你，没有高贵与卑微之分，没有富豪与乞丐之分。见不到高声大笑的人，也看不到高声喧哗的人，大家似乎都是蚂蚁，没有人愿意用指隙间的时间，去闲情逸致地多看一眼别人。

我这只苏北蚂蚁找到了自信，爬过了一个人的高度，脊梁骨直起来了，把如潮的脚步声当作音乐来欣赏了，这让我欢乐起来。身边走过去的人都面无表情，他们看我的眼睛只是轻淡地瞄一下，不愿多停一秒钟，随着弹开。

我打赌发誓，他们根本没有看我，不要说能看清我是单眼皮还是双眼皮,高鼻梁还是趴鼻子了。但他们凭感觉看出我在听他们的呼吸声和脚步声,看他们脸上和眼睛里的神情,看他们是笑、是忧、是木、是愣,还是冰,猜测他们今天或刚刚发生了什么样的事。

人是讨厌窥视的。窥视令人作呕不舒服。有人专好窥视,算计别人,给人挖陷阱。窥视是一种心理毛病,有时是心理扭曲变态。

我这是窥视吗,在偷偷地看别人的隐私?我不相信自己是窥视,因为我是蚂蚁,是安静的苏北蚂蚁,我看着他和他们,其实心里一点没有看到他们,正如他们看着我,心里根本没有看到我。我是蚂蚁,我眼底里的人,都是一条条腿和一只只脚,他们都是蚂蚁。

我不想做一个蚂蚁。但要做一个蚂蚁岂是那么容易,我具备了一颗高贵的仰望辽阔天空的坚韧的心吗?

银杏教会我们成长

贺兰山的岩羊

贺兰山上是光秃秃的乱石头，峭石间的草木稀稀拉拉、瘦瘦弱弱，仿佛喘上一口气、活过一天都是那样的艰难。不可思议，野枸杞在石头间长得鲜活灵动。

每年，贺兰山的山顶冬天310天，年均温度零下1度，山下冬季187天，年均温度8度，降雨山顶400毫米，山麓200毫米，雨下得最大，这边刚歇息，那边就淌下山，没了。

山上有一种倨傲、生生不息的"精灵"，叫岩羊，又称石羊、崖羊、蓝羊、青羊。它体长一米多，雄角长六十几厘米，最长八十几厘米，弯曲，粗大似牛角，毛发灰褐色，肚皮乳白色，蹄上有白色蓝色黑色花纹，眼睛有黑色纹线。

贺兰山是岩羊的"天下"。它们的蹄子可征服任何悬崖，峭壁有一脚之棱便可登上，一跳可达2至3米，奔跑速度飞快。

前些年，贺兰山上的岩羊被猎人们猎杀只剩下二百多只，成了稀危物种。贺兰山人不许猎杀岩羊后，岩羊繁殖惊人，现已达到2至3万只，种群密度世界之首。

岩羊成了山上脆弱的植被"洪水猛兽"，小草被啃了，树叶也被舔净了。

贺兰山人想了一个点子，从动物园里放出几只狼上了贺兰山，要用狼来治羊，制止"羊"患，换得自然生态平衡。

想不到的事情发生了，狼追不上岩羊，更不要说吃了，只能望"羊"止"渴"，饥肠辘辘。

它们饥渴的凶光盯住了山下人家的山羊。

山羊惨遭横祸了。

贺兰山人又出了一个办法，解禁猎人捕杀岩羊。不过，这猎人不是当地人，而是外国人。外国人猎杀动物，只杀雄的，不杀雌的。当地人是雄的和雌的通"吃"，岩羊最多也经不起这样的"扫荡"呀。

外国人猎杀了贺兰山多少岩羊，不清楚。游客在山脚下看到，成群结队的岩羊常常与人同行、旁若无人的吃草。

遇骡子小记

在半山腰上,发现北高峰上没有云雾,山下倒是云霭深深。

山路崎岖,却宽绰,石阶平坦,并不难走。起初,我走的急,步子大,汗水湿了头发,身上也止不住地冒出热汗,衬衫、裤子湿淋淋的。我放慢了脚步,心脏还是剧烈地跳动,闹得心里有些发慌,嘴里上气不接下气地喘着粗气。我感到不能再坚持下去,这样会猝然倒下的⋯⋯

在一个拐弯处,我迫不及待地坐到长条石上。

林间潮湿、幽静,树叶腐烂的气味软软地飘荡。

不时,有三五成群的男女大学生从我身边疾步走过。

我不想站起身,不想再朝山上走。五十几岁后,我第一次感觉到年纪大了,不服不行。

这当儿,山下响起纷纷杂杂、踢踢踏踏的骡蹄声,循声就有五只大大小小的骡子过来了。

骡子上山干什么，它们能登高低不平的石阶？

我怕它们莽撞，踢到身子，挪了挪位置，离它们尽可能远些。

骡队过来了，它们都驮着几百斤的货物。最前面的骡子个头不大，蹄子坚实，脚步均匀，稳稳重重，拾级而上。突然，它站在我面前不走了，嘴里呼着大气，腹部不停地起起伏伏，身上汗水涔涔。我望着它，它看着我。它前面两腿不知怎么忽地软了一下，瞬间又稳稳地站立着，眼睛里含着哀怨、悲鸣、无奈。

一声呵斥，骡子又登山了。

骡子天生没有泪水吗？若有泪水，它肯定早已泪如雨下。它们活在世上没有自由、受苦受罪……

我又朝山上走。骡子能忍辱负重地登山，我一身轻装还上不了山吗？

山峰上，晨风习习，梵钟声声，经幡猎猎，香火袅袅。我无意眺望杭州西湖和钱塘江，心里念念不忘骡队，眼睛四睃，始终不见。

下山时，登山人多了，不绝如缕。有人像我刚才一样，不堪疲累、垂头丧气地瘫坐在长条石上。我汗流浃背地走过来，他们钦敬地朝我看一眼，站起身，朝山上慢慢地走去。

三檀抱石

在连云港花果山粗犷深厚的峭岩丛里，福建散文女作家丹娅本来就瘦弱的一个人，一下子显得更单薄起来，让人生出些许怜惜。在江苏海拔最高的玉女峰上，在大团的浓雾里，在峭疾的海风和山风里，她像一张纸，一缕云，一片树叶，飘飘起来了。她似乎真怕自己飘到了天上，悚惧得失声连连喊叫起来。

雾里的花果山另有一番朦胧陌生的洞天。丹娅眼里的花果山大概都是雾和风了。

一条窄窄弯弯的石板小道，上面有些青苔，看出少有人从这里走过。我们在雾里懵懵懂懂走上这条小道。我不时抱怨来不逢时，让客人扫兴。

突然，丹娅朝我惊讶地叫了一声："看呐！"

那是一处景观，叫"三檀抱石"。

三棵瘦小的只有手腕粗的檀树，灰不拉几的，没有一片绿叶，看上去一折就会断裂，可它们紧挨紧地长在三个角上，硬是把一块有棱有角几吨重的大石头抱了起来。

丹娅被檀树迷住，不走了，细细地看一棵棵檀树，翻来覆去地看被握在檀树手里的大石头。这不起眼的三棵小树怎能就把一块沉甸甸的大石头抱起来呢！可能想到了自己，她不正是与这三棵檀树一样瘦弱吗，似乎稍不留心就会飘起来，就会折断。看出来，丹娅是用心、用情、用爱看着三棵檀树，想着三棵檀树，疼着三棵檀树，她眼里多了些爱怜，脸上多了些担忧。它们怎能这样一直背负着超常的沉重呢，长年累月下去总会有折断的一天。她担心它们马上就会折了枝丫。

三棵檀树与大石头接触的部位常年用力、磨砺，结着拳头一样大的亮亮、坚实的痂，石头的棱角已深深地长在了痂里。

本来毫不相干、各有天地的三棵檀树和石头，在这里邂逅，融为一体，缺一不可，相依为命，谁也离不开谁了。

丹娅读懂了它们之间的缘分，彻悟了它们之间生命和谐的密码，肃然起敬。

雾有些散了。

丹娅游兴陡增，要再登雾飞风疾的玉女峰。她像三棵瘦弱的檀树一样洋溢着活力，迎着海风和山风朝峰顶登去。

青花瓷铺出的小镇

到了景德镇后才知道,中国历史上的第一个土陶官窑是出在瑶里。

傍晚,我们冒着霏霏春雨住进瑶里小镇,群山云遮雾绕,流水如练。穿镇而过的河水清澄见底,河上架着长长的桥木板像涂着一层油似的油光光的。古老的街巷像线条一样笔直窄细,里面没有街灯,黑黝黝的,镇上一百多户人家几乎敞开着门,听着雨丝在寂静中飘洒。

雨是洋洋洒洒下了一夜,当我早早起床去镇上集市时,它已歇了。不过天依然阴沉。

我感受着瑶里千年青花瓷清新的气息。街巷小道上铺的青石板,虽朴拙,未经雕琢,却也被时间打磨得光光滑滑,在雨水里润湿滋青。山是一抹青色,河水从容地流淌着源源不息的青色,人家白墙青瓦。

男女老少起了床，拿着牙刷、牙膏，赶到河边，手朝口里掬些水，就刷起牙来。一些老婆婆端着昨晚吃过饭菜的锅碗瓢盆，也到河边洗涮。大姑娘、小伙子端着青花瓷碗，看稀奇似的，站在路边，吃着糯米粉掺合着艾蒿粉做成的青色糍粑，咸咸的甜甜的，香喷喷的。人家的门洞开着，外地人随便进出，碰到桌上有鲜见的土菜，啧啧有声地吃上几口，这家人不仅不生气，还会乐呢。

黎明里的瑶里一枝树叶、一圈涟漪、一柄撑开的纸伞、一辆陈旧的自行车、一缕炊烟，甚至一两声轻轻的话语和咳嗽声，都是青花瓷的色泽、内蕴和质地。她让每一个来到这里的人珍惜而感动着。我们走在街巷里，脚步努力地放轻，话声尽量地放小，生怕惊醒还没有完全睡醒过来的小镇，惊扰了瑶里河里的小鱼小虾，惊吓了站在树干、屋檐和电线上的小鸟，打碎了这里千年的安静……

集上人头攒动，但一点不喧嚣，不像一些乡村集市人声鼎沸、嘈杂难受。集上大都是卖茶人和买茶人，茶是瑶里人添置油盐酱醋的大收入。

卖茶的两手抱着一小塑料袋谷雨前的茶，从街头串到街尾，这么不吭声地来回走，两眼睃着人群，看有没有买茶的。买茶的几乎都是外地人。也有一对当地的夫妻在收茶，他们摆在茶店门口的桌子上，搁着一个玻璃热水杯，给卖茶的沏茶，看茶的色泽并论价，一边的一个大木桶里盛着收买到的茶。那丈夫端坐在桌前，妻子站在一侧。他俩经营茶叶十几年了。

这是两个性情平和的商人，又是一对聪明、厚道、会经营的商人。卖茶的都熟识他俩，他俩也熟识他们，看到每一个卖茶的，都知道他们的茶是哪块地里产的，是高山茶，还是平地茶。

有卖茶的要把茶卖给他俩，他俩看看茶炒的火候，就劝说，你是高山茶，是好茶，先卖卖，等等看，若没好价钱，最后再卖给我。他俩收购的价钱也公道，与外地人买的价钱相当，若收购九十五块钱，会给卖茶的一百元，不在乎多付出的五块钱。

集市散得也快，天没彻底放亮，人就走完了。

瑶里的早晨给我呼吸了一口青花瓷散发出来的馥郁的芬芳。我正一步一步走在青石板路上自我陶醉时，无意间，看见一户人家门口的水泥地上，镶嵌的都是一片片一块块青花瓷。同行朋友读懂青花瓷，就说，这是一大笔财富呀，里面有元、明、清的青花瓷。

我们情不自禁地惊呼了一声，怀疑是不是眼睛看错了，要知道，在这里的古代官窑里，若拣上一小枚青花瓷片，要罚五百块钱的！

瑶里氤氲在青花瓷的淡蓝色的气息里。我慨叹，天下也只有她能这么奢侈，还能留有青花瓷的高贵、淡泊和宁静……

灌云"冬虫夏草"

苏北灌云人喜爱吃一种叫豆丹的虫子,县城大大小小饭店的当家菜都是豆丹,大街小巷飘荡着豆丹鲜美的香味,外地来的客人没有这尤物吃菜没味、喝酒不香。十几万人口的县城,一天销售豆丹十几吨,本地产的豆丹不够用了,用大卡车从山东、安徽等附近省份运来。豆丹价格越来越高,从一百多块钱一斤卖到五百多块钱一斤,刚上市的青豆丹能卖到上千元一斤。

豆丹吃豆叶为生,一般在早晨时爬到豆稍上吃露水,很容易捉到,入秋后藏在土里,耕地时全露了出来。豆丹成虫长约五厘米,全身呈嫩绿色,头部色较深,尾部有尾角。它很娇气,爬在叶上,不要说喷药了,平时闻到药味、汽车尾气都会死掉。

最早时,没人吃豆丹,更不说卖钱了,除了喂鸡喂鸭外,便挖个土坑埋了。

知道豆丹是一种高蛋白食物、治疗胃寒、营养不良、没有污染后，吃豆丹的人越来越多，趋之若鹜，豆丹刚长得大一点爬上豆稍时，灌云乡下只要能走动的大人小孩，每人提着瓦罐、塑料袋，拿着细细的短棒，到豆地里去捉拿豆丹。

豆丹入菜，形式多样，清焖、制汤、烧炒、炸生皮做盘子，都令人大饱口福。

吃豆丹有讲究，入蛰后的豆丹最好，个头饱满，出肉率高，蛋白质多，营养丰富；豆稍上的青豆丹个头小，蛋白质少，不过，肉质嫩，味道鲜和美，不足之处是出肉少。死了的豆丹没了蛋白质，没人吃了。做豆丹时，豆丹先放在水里泡，后再剪掉头，用擀面轴从尾部用力擀压一下，挤出青黄的嫩肉和不多的墨绿色的内脏，内脏丢掉了，嫩肉留下来。

烧法多种多样，选料主要是鲜嫩的大白菜、青菜、南瓜、嫩丝瓜，佐料葱花油盐、姜椒、蒜等，不需放一点味精，味道鲜美。烧时先把瓜菜等烧好盛出装盆，留下汤汁，再烧豆丹，倒在瓜菜上。

灌云"三星大酒店"烧豆丹最好吃，老板号称"灌云豆丹第一人"，他烧豆丹，挑选个头一般大的嫩肉，不用色拉油，用豆油，不用其他椒，用尖嘴椒，不用其他菜，用嫩丝瓜，烧时多放蒜瓣，端上桌子，金黄色的汤汁衬托着青白黄红相间排列有序的嫩肉让顾客两眼放光，萦绕的一缕缕鲜美气息早已勾得顾客口中的馋虫迫不及待地要饕餮大餐。

灌云人款待贵客时才端上豆丹。最早时招待客人吃豆丹，灌云人实话实说，说这是黄豆地里的大青虫，吓得客人望而生畏，不敢吃。

现在灌云人做得巧，先不说实话，把一小盆飘香的豆丹摆到桌上，不说是豆丹，婉转地介绍说，这是高蛋白，治胃寒，高营养。客人看不出子午寅卯，只闻到扑鼻的香气，忍不住夹了两块肉放进口中，上下牙齿一合，一股鲜香立时蔓延、升腾在嘴里，齿颊生津，连连说："好吃，好吃。"

客人吃过豆丹，津津有味。

灌云人笑着问："猜一猜，你吃的是什么菜？"

客人说："是不是鸡蛋花的一种特殊烧法做成的菜？"

灌云人笑道："再猜。"

客人又夹了一筷放在嘴里细细品味一会儿，说："鸡蛋做的。"

灌云人含含糊糊点点头，嘴里"嗯"了一声，问："味道怎样？"

客人说："色、香、味俱佳。"

这时，灌云人才交出实底，说是吃豆叶的大青虫。客人先是惊讶，后来乐得呵呵直笑。

豆丹只有灌云产的好，也只有灌云烧的豆丹好，有一股特有的浓郁鲜香。离开这里的土、这里的水，烧出来的豆丹清汤寡味。

距离灌云不远的连云港市区，有几十家大小饭店烧豆丹，始终烧不出灌云豆丹的味。有的小饭店打出招牌，烧的豆丹用的是灌云的厨子、灌云的水、灌云的豆丹，可烧出来的豆丹就是没有灌云豆丹的味，市区人吃豆丹都乘车赶到灌云。

北京、上海、南京人也来灌云吃豆丹。联合国世界粮农组织说，全世界吃昆虫，绿色环保，又缓解粮食危机。豆丹属于昆虫，绿色之王。灌云人说，灌云豆丹是"冬虫夏草"，这话不无道理。

在咸亨酒店里醉酒

我是第二次进咸亨酒店。

十年前,我来绍兴,当地文友请我们一行人在这里吃过一次绍兴酒。其实,我们不在乎吃黄酒,而是鲁迅先生笔下的咸亨酒店太让人惦记。那与别处不同的酒店的格局真如鲁迅笔下描述的一样?当街的孔乙己靠外站着的曲尺形柜台还在吗?孔乙己爱吃的伸开五指罩住的碟子里的茴香豆还有吗?孔乙己拖欠酒钱记着账的粉板还能见到吗?还有温酒……

那次,我还没有看清孔乙己站过的店堂,没有看清当街的柜台,便被匆匆带上了二楼包间里。只以为绍兴酒是米酿的黄酒,多喝了不会醉人,哪知,我多贪了几杯,头重脚轻,晕晕乎乎。

咸亨酒店仅仅丢给我一个印象,是门口站着的身材高大、穿着又脏又破长衫的孔乙己铜像。

银杏教会我们成长

这次，我又进咸亨酒店，不想再带着遗憾回去。

大门口花白胡子的孔乙己依然长衫，一部乱蓬蓬的花白胡子，他仿佛故我地向着每一个与他逗乐的人说："温一碗酒。"当街一个曲尺形的柜台，高高的，上面摆着瓶装、散装的绍兴酒，一个不大的簸箕里盛着茴香豆。柜台边用木板圈出一个小屋，门框边上不是挂着很让孔乙己颓唐、没脸面的欠账的粉板，而是换上了一小张飘飘的纸条，上面竖写着一行字："上大人孔乙己还欠十九个钱呢！"

外面的房子里，摆着十几张桌子，围着的是长板凳。几乎没有吃盐煮笋、茴香豆、喝温酒的人，更不要说听到之乎者也之类的话了，空气里没有一点说话声、哄笑声、打趣声。咸亨酒店里没有了哄笑声，没有了快活的空气，也就似乎没有了孔乙己。寂寥，使人隐隐觉得这里有了些生分。

店面隔壁的房子里，阔绰气派，人头攒动，热热闹闹。这里不再是出到十几文，那就能买一样荤菜，而是缺钱的"短衣帮"和阔绰的"穿长衫的"都踱进来，要酒要菜，高谈阔论地坐着喝。客人吃菜是点着吃的。

长长的高高的做得颇为考究的玻璃保温柜子里，菜肴品种五颜六色，多的看不过来，数也数不清。里面有一些当地特色小菜，价格不菲，两小块鸡腿或几块肥腻的猪肉动辄几十元。这些，孔乙己肯定是不认识的，也会不习惯的。他会睁大眼睛说出难懂的话，什么"君子固穷"，什么"者乎"之类。他习惯温了酒，一小碟子茴香豆，端出去，放在门槛上，慢慢地吃。

我学了一回孔乙己，很夸张地站到当街柜台前，学着孔乙己高声嚷道:"温两碗酒,要一碟茴香豆。"

女服务员望了望我,笑了,说:"没有温酒,都是半斤瓶装的,二两五一碗,二十四块钱。"

我幽默地说:"没有温酒还叫咸亨酒店?"

女服务员说:"没有,要不你去别的酒店看看。"

我说:"我认的是咸亨酒店。我不会欠十九个钱的。"

女服务员忍不住笑了。她想了想,拿着一瓶绍兴酒进了小木屋,一阵儿端来两碗温酒。

我没有亲眼看到黄酒从坛子里舀出,也没有亲眼看到盛酒的碗底里有水没有,没有亲眼看到用开水温酒。在时空里,世界在变,人的思维更在变,咸亨酒店岂能有不变的道理?

我能站在曲尺形柜台外,学一回孔乙己,用小碗喝上温酒,是孔乙己喝过的一样温酒,吃上几枚咸津津的茴香豆,还能看到孔乙己投在阳光下、印在月夜里的背影,或清或模糊地看到一个旧中国的穷酸文人可叹可怜的命运亦自足了。

一盘茴香豆、一盘盐煮笋、两碗温酒,我和朋友坐在外面的房子里,坐在似乎孔乙己坐过的长板凳上,津津有味地品着黄酒和茴香豆。

我有些醉了,朋友也有些醉了。

朋友笑道:"喝这么一点酒也能醉倒?笑话嘛。"

我说:"过去,我在这里醉酒,是酒醉人,这次不一样,是人被酒醉了。"

睢宁唢呐

　　唢呐是中国最有名的民间乐器，睢宁人爱唢呐尤超过其他地方。这里乡乡有唢呐，村村有乐手，男人们吹唢呐，很多妇女也挺起腰杆做唢呐手。

　　睢宁孩子满月请唢呐庆贺，喜结良缘请唢呐贺喜，年老送终有唢呐送灵，睢宁人的喜怒哀乐都离不开唢呐。他们无论走到哪儿，一闻唢呐声，顿生乡音情。

　　唢呐俗称喇叭，一根红木色的锥形管外还套了个银色的碗。在木制的锥形管上面有7个孔，下面有1个孔。它的上端装有一根细细的铜管，铜管上面还有一个小小的芦苇哨片。

　　唢呐并不好吹，要求有很大的肺活量。乐手吹累了，就与围着火堆听唢呐的人划划拳，喝上几口烧酒润润嗓子。

　　吹好唢呐不易，睢宁有一个豁唇子青年人，学吹唢呐，把唢呐芯子送入口中，鼓足力气使劲地吹。可是，嘴唇关不住风，唢呐始终发不出清晰的声音。但他为了谋生，苦学勤练，歪着嘴巴，把唢呐的芯子从右嘴角送进去，然后鼓足力气吹。扭曲的嘴唇堵住了豁口，气流直接送进了芯子里，唢呐顿时发出了清晰的声音。他吹《茉莉花》吹得"天地合一"，手捣、卡腔、鼻孔吹、龇牙吹，多唢呐轮换吹，技艺惊叹四邻。

在睢宁从事唢呐班活动比干其他事情收入高、又稳定，因为民间需求巨大。每出去吹一次每人一般能拿500元左右，每个月每人可以挣到好几千元，进入小康生活不成问题。

年轻女孩托亲找友介绍唢呐班小伙子作为男友，嫁到唢呐班艺人家，图个稳定收入、安定生活。

睢宁唢呐外出吹奏，乐器共有四件：大唢呐、小唢呐、牛皮小鼓、小镲。一人吹大唢呐，一人吹小唢呐，牛皮小鼓和小镲在农村一般都有人会打，只要能配得上唢呐节奏就行了，所以每次出去只需要两个人搭档。

睢宁吹唢呐主要有队列行进式，乐手分二列纵队边走边演奏，这主要用于婚嫁迎娶、迎神庙会、行会、出丧等场合。还有一种是室内坐奏。乐手分三面围坐在八仙桌前演奏，有传统的"五人份""八仙乐"等，主要用于祝寿、小孩出生十二天、祈祷、庙会、祭祀等场合。

睢宁吹唢呐有自己的特色，擅长吹奏欢快的婚庆喜庆曲调，或如泣如诉的丧事调。在吹奏过程中夹杂一些民间戏法绝活，如吃火、吐彩纸、玩烟头、双管等绝技表演。由当初单一的吹奏技巧发展到今天的吐音（单、双、三吐音）、腹颤音、齿颤音、滑音、垫音、花舌、打音等多种吹奏技巧。音乐有开有阖，有静有动，富于变化，具有浓厚的苏北地方特色。在传统曲牌中融合进一些地方戏曲（如扬琴、大鼓、皮影戏、豫剧等）、民间小调，甚至古典乐曲、流行歌曲、摇滚歌曲、外国乐曲等多种形式。

演奏的曲目常常有《阿里郎》《茉莉花》《两只老虎》《小星星》《济公传》等，配合的乐器是对笛、闷子、管子、二胡、笙、云镘、小号、长号、堂鼓、锣鼓、小锣等。

睢宁唢呐在继承传统的基础上，又有新的发展，特别对铜唢呐的演奏音高而不燥，柔而不腻，音色质朴自然、美妙动听，被人们称为"金喇叭"。

眼　睛

那是一座美丽的山冈，我第一次带孩子去。疏疏的树林，茵茵的芳草，汩汩的小溪，奇形怪状的石头，给我和孩子留下了极为美好的印象。

我已淡忘，孩子却没有忘掉，隔有几个星期，嚷着缠着还要去那山冈。

早晨的山冈上，还是一方蓝天，还是一片疏疏的树林。孩子还是睁大眼睛，新奇地看着一切，不断鼓着两只小手，欢呼。

"爸爸！"孩子蹲在草地上，小手连连招呼着，像只振翅的彩蝶。

我跑过去，孩子用手指着一根草，问："那是什么？"

我看着小草，说："那是绿叶。"

孩子连连摆头，说："不是、不是。"

银杏教会我们成长

我怎么看也没有发现其他什么，于是，用手轻轻地拨弄那草。孩子忽地大叫大嚷起来，说我把那东西碰掉了。刹那间，我知道孩子发现的是什么了，那是一滴露珠。这时辰的草上只有露珠。

这时，我在每株草上都发现了闪闪亮亮的露珠，如珍珠，晶莹剔透，摇摇晃晃，像要掉下来似的。我在心里笑自己，刚刚怎么就没有注意到它呢？

孩子又欢乐起来。

我重新用孩子的眼睛打量早已熟悉的疏落有致的树林，翠亮的绿叶，发现了很多很多没有发现的东西，都是新鲜的！我恍然明白到，看待熟悉的东西，需要用孩子的眼睛去看，用童心去发现、去讲话，世界上的一切东西才会永远没有重复、陈旧的，也不会重复、陈旧的，只会有永远的新鲜。

乘滑轮车去北京

乘滑轮车去北京，是我童年的梦想。

那时，我十二三岁，北京是这个世界上最让我惦念的地方。毛主席生活、工作的地方给我一种神圣感、神秘感、幸福感。做过无数个北京梦，想象过无数遍天安门城楼和天安门广场的模样，觉得北京辉煌耀目，遥不可及，也只能想想，一辈子也不可能去。

我生活的海边小镇，坐落在山坡上，大路小路都是斜坡，汽车少、自行车少，上街爬坡，我们上学也爬坡。突然间，镇上的很多孩子有了滑轮车，一块方正的木板下，装上三个滑轮，坐上去，有人从背后用力一捅，滑轮车在一条溜光的水泥路上像汽车一样朝前奔去，这成为孩子们眼热抢手和炫耀的宝贝疙瘩。

我的想象开始了，乘滑轮车去北京。我十足相信自己的聪明，自己动手做一个自动的滑轮车，速度超过自行车，能坐三个人，一星期开到北京天安门。

　　我瞄上了二叔家正在用的一个大滑轮，信心十足地筹划。只要有了这个大滑轮，自动车一准是做成了。悄悄然的，我拿到了大滑轮，白天黑夜忙碌装配自动车。

　　结果可想而知，失败了。我脑袋真像霜打的庄稼耷拉下来了。我的小房间地上，丢满丧气的木板、螺丝、铁钉、滑轮、铁丝。

　　人在长，梦想在长。我乘滑轮车去北京的梦想一直在长着。港口码头上有解放牌卡车去新浦，我心动了，想坐车，想享受坐汽车的颠簸，享受在飞快行驶的车上迎风欣赏路过的风景，看着路上的行人驻足仰慕。我把坐汽车看成是乘滑轮车，不是去七十里路外的新浦，而是去远方，远方就离北京不远了。

　　汽车去新浦都在大清早。要搭车的人几乎都与司机熟识，只有司机点了头才能上车。我不认识司机，低头待在一边，怕司机盯上撵我走开。

　　汽车刚开动的瞬间，我突如其来地扒上车。车子奔驰着，我昂首挺胸，让强劲的晨风抚摸，豪情满怀。我想到了我的"滑轮车"，当年如果制造出来在路上跑的话就是这个样，疾跑如飞，迎面的风扑来会睁不开眼睛，两边的柳树会呼啸着向后边退跑。

　　汽车让我大开眼界，连呼过瘾，心旷神怡。回来的路上，它与暴风雨、电闪雷鸣较着劲赛跑。闪电暴躁着追逐，大风嗷嗷吼叫狂赶着，乌云滚滚地挤压着，粗野的骤雨歇斯底里的紧紧攥着要拍打车子。骤雨始终没有追上车子，我和车上人终于没有淋成落汤鸡，我对汽车的四只轮子刮目相看，对司机充满敬意。

我爱起了汽车。我爱汽车上的每一块木板、每一颗螺丝钉。我爱司机乘坐的手握方向盘的驾驶室，我爱汽车油箱里散发出来的如花如兰的汽油芬芳。

梦想是不老的，是年轻漂亮的。三十岁了，我坐桑塔纳轿车去北京，人坐轿车心骛"滑轮车"。

北京十里长安街上，车水马龙，轿车如织，爱车的人尽情欣赏起各式各样颜色、款式、型号的轿车。我静静地走在北海公园的人行道上，迷恋起三三两两的孩子。他们如同一尾尾小鱼，在人群夹缝间娴熟、灵巧的踏乘着滑轮车……

"两来风"辣汤

要离开徐州时,朋友带我们去有名的"两来风"精品店喝辣汤,领略一下地方特色小吃。朋友说:"喝了两碗辣汤,保管你们喝的酒全解掉。"

这是我第一次听说"两来风"。

"两来风"最早是一个开在两头来风的巷子里的小吃店。秋冬季节,巷子两头呼呼来风,冻得人简直站不住。辣汤让"两来风"名声大起来,小吃店随着名声也壮大起来,搬出了巷子,成了徐州街上一张"名片"。"两来风"的店名成了招财进宝的宝贝疙瘩,为这,饮食公司与私营业主打起官司,创始人饮食公司赢下来了。

我眼前的"两来风"门面不大,甚至像个小饭铺,装修得还不错,看着还挺高档。进门就变了,有点古香古色的感觉。二楼空间有些窄小,旁边有些抽烟的人,有点压抑、窒息。上了三楼单间,宽敞些，透过气来了。

我很在意第一感觉，看看"两来风"小吃怎么样见第一面。翻了翻菜单，有炒菜也有小吃。

上菜了，四味小菜碟。香肠是风干过的，香而有嚼劲，泡木耳、榨菜丝和一个凉拌菜、四色小笼包，有汤包、蒸饺、肉包和烧卖，每个味道都不错。汤包卤多、肉鲜、味美；蒸饺素菜馅足、够味；肉包肉香、皮软恰好；烧卖小巧。豆腐馅的煎饺，样子漂亮，烙馍卷馓子感觉跟饼里卷着老北京的咯吱盒一样，虽小，口感倒好。竹炭流沙包黑得可爱，软软的，还可以要半笼。素煎饺卖相不错。

辣汤感觉好、印象好。外行吃热闹，内行吃门道。细一打听，才知道，徐州的辣汤是用鸡、圆骨、蹄髈煮汤，把母鸡煮得酥烂。煮的时候除了加葱之外，加上大量的生姜，这个汤的味道就微辣，这种辣味很鲜。把洗好的面筋在温水中醒透，让原来海绵状的面筋表面变得光滑柔软，然后掐成一小块张开下锅，同时用筷子顺时针搅动，这时面筋就会被甩成片状，如鸡蛋絮，但比鸡蛋絮略厚一些。加上鳝鱼丝、盐、适量的黑胡椒（所以煮出来，汤颜色发黑）。看起来黑乎乎的，很没有卖相，但是喝起来美味无比，冬季暖身、夏季增进食欲。在汤中加上些许香油，更是浓香。

辣汤不是胡辣汤，没有海带，没有豆腐丝，看似内容并不丰富，但却是高汤熬制的精华，越喝越上瘾。我一连喝了两大碗辣汤，辣得头上冒出了汗水。开始觉得没什么，后来胡椒味越来越重，辣得浑身是汗。辣汤还真的辣呢！朋友及时指点，辣汤口味感觉有点偏重时，配上清淡的虾饺吃着就正好了，如果再加上油条、油饼或是煎包、烙饼更是绝佳的搭配。

走出"两来风"时，我昨晚上喝的不少酒真的被解了，神也清、气也爽。

灌云"徐氏神贴"

苏北灌云县过去有不少中医老字号,如"骆氏神医",外号骆小神仙,"松寿堂""徐氏神贴"等。"徐氏神贴"是一种膏药,专治腰腿疼痛。这毛病看起来不大,可要发作起来,身子直不起来、两腿不能走路,重时身子还会瘫痪。

清朝嘉庆年间,"徐氏神贴"在灌云县方圆几百里颇有些名气。

这"神贴"是乡间徐氏老人调制出来的。他年纪大了,身上的毛病也多起来,尤其是一只腿上的膝盖肿多高,钻心的疼痛,膝盖骨里还沙沙响,走路要拄着拐杖。

有人给他一味"牛膝"草药,让捣碎,敷在膝盖患处。他试了试,还真灵,膝盖不那么肿和痛了。可没过几天,药效没了,膝盖又肿疼起来。徐氏做事执着、爱动脑筋,他拄着拐杖,走乡串巷,搜集民间单方、秘方。

他把二十多味名贵中草药捣烂，用食用醋调和，反复调试，敷在自己腿上，治好了膝关节。有的人腰病犯了，有的人肩膀疼痛难忍，都找徐氏医治。他给敷上草药，谁知，患处又痒又起水泡。徐氏不敢在别人身上敷草药，就在自己和家里人身上先试试看，最后成了，有了"徐氏神贴"。

"神贴"的草药是徐氏从灌云县大伊山和附近的云台山上采刨来的。他做药，现调现用，原汁原味，患者部位不同，药量也不同，灵活调配。

徐氏给自己的"徐氏神贴"定下一个规矩，叫"无索"。他有钱了，济施他人：给穷人看病，不要钱；有的人掏不出钱，给一点粮食就行了；有的人没有粮食，说上几句吉祥话，也行。清代的奇才《镜花缘》作者李汝珍，腰椎骨质增生，疼痛得坐卧难安，专门从海州跑到灌云，找"徐氏神贴"。他用过几张帖子后，浑身轻松，精神振奋。李汝珍要多给徐氏一些钱，徐氏婉拒。李汝珍看到了挂在墙上的条幅"无索"，才不再强求。

后来，"徐氏神贴"传给了徐绪文，又传给了徐广余，现在传到了第四代人徐立军手里。"徐氏神贴"——徐立军骨质增生研究院，成了连云港市非物质文化遗产传承人，名气越来越大、越来越响亮。

"徐氏神贴"现在使用更简单方便。把调配好的草药，放在无菌纱布上，用干净的塑料薄膜覆上，封闭而保湿，不让药性挥发，用针线将药布缝密起来，让草药原封不动，用胶布固定住。

几百年过来了，"徐氏神贴""无索"的规矩没有改变，每当遇到贫困户、下岗工人、残疾人,都是减免药费。国内的患者千方百计地来找"徐氏神贴",国外的华侨也都找来,有的治好了病,给国外的亲戚、朋友患者要带上几百小包"徐氏神贴"。

小鸟拽着的目光

初到重庆,急着想看一看这座有名的雾都山城的模样子。天没亮,我就睡不着了,拉开窗帘,东张西望,天黝黑,楼下街灯昏蒙蒙地照着,路上有三三两两的人在寂寥中行走。

不知不觉,我又睡了。再从睡眠中睁开眼睛时,天已微微亮了。

一只小鸟站在窗前,时不时地激动地抖动着亮闪闪的翅膀。我静静地望着小鸟,很新奇,没了睡意,急切地想张望窗外能让这小鸟快意的梳羽和婉转啼叫的这座城市。

小鸟飞走了。小鸟拽着我的目光,悠然地飞进一片树林。我这才发现,窗外是一片深浅不一的绿色。

重庆原来是一大片森林呀,无论是几十层的高楼,还是五六层的小楼,几乎看不见白光光的水泥楼顶,都是一团团、一簇簇的绿叶,这都是些生命力极强的树,李树、桃树、槐树、柳树、桂花、香樟、夹竹桃、忍冬藤、夜来香、何首乌、蜡梅，还有很多。它们一棵棵或粗壮或矮小的，像一滴滴水流到一起，成了绿色的大海、大湖，一眼望不到边，波涛连着波涛，恣意张扬。有的楼顶上是青山绿水，简直是把江南的苏州园林搬来了，绿树藤蔓间，亭台楼阁，清流缠绵，小鸟婉啼。晨练的人有的在树下跳扇舞、有的在花圃间打太极拳、有的在亭台里吊嗓练歌……

大街小巷、沿江河岸、山坡大道，都是黄桷树，粗壮的有两人合抱不过来，看出是被时间历练过的，有细小的像一根竹子般大小，一看便知是新栽的。黄桷树是重庆本乡本土的树，叶子乌绿乌绿的，四季不落。

新栽的银杏树粗粗细细，在习习微风里晃晃悠悠的翠叶，让我浮想到要不了多少时日，秋菊登高，银杏满树的金黄叶子会一下子照亮山城，"满城尽带黄金甲"，满城浮动的和风阳光，满城飘拂的诗歌散文，满城荡漾的心旷神怡，会使山城人对自己的城市一下陌生了，怀疑起来，难道这是我的城市，这是雾霭中的重庆？

谁不爱绿叶？重庆人爱树、爱绿叶，像疼爱自己的嘉陵江和长江，像疼爱自己嘉陵江和长江上纤夫的号子一样。我来重庆的飞机上，身边坐着一个重庆人，言谈之间，他对重庆的绿色生态真是喜形于色，溢于言表。在他眼中，无论是花城广州、春城昆明，还是云南的香格里拉、丽江古城、四川的九寨沟都不如重庆，他的重庆树木生态在全国数第一。我将信将疑。不过，从他的谈吐中我肯定，重庆人爱树爱花，心里装着树装着花。重庆街上要栽树，重庆男女老少饭前茶后谈栽什么树，他们品头论足，说得头头是道。有人说栽银杏树，马上有人摆上一堆不同看法，说，银杏树秋天落叶，没有了树叶的树不吸收二氧化碳，只产生氧气的；还有说，银杏树冠形状不美，树冠的形状像一把未打开的伞，树荫小，重庆春末、夏、秋那三季的太阳很厉害，在银杏树下不能歇凉。

重庆人爱四季常青的黄桷树。黄桷树遍布重庆，家乡的树，枝枝叶叶出落得也招人喜欢。

我的窗前都是绿叶，都是绿的云，绿的水，绿的空气，绿的风景。绿色庇佑着重庆、温润着重庆。绿色的马路的河流里，泛动着一个个、一行行、一串串、一排排运动着的生命，如同大海里大大小小的生命，高架桥上的轻轨电车无声息地滑过闹市区，哪朝哪代的牌坊几百年不变，一个姿势，望着行人匆匆忙忙地来来往往，大大小小的公交车、甲虫般的的士，显示出绅士一样的风度，有礼貌地先让行人有序地走过斑马线……

我眺望着远远的一片绿色，刚才小鸟飞进去的一片绿色，想看到那一只鸟。我是多想了，怎么能看到那只鸟，重庆这么多的绿，谁知它能飞落在哪片绿的风景里？何况，这么多的小鸟，飞来飞去，眼花缭乱，哪只小鸟就是它？

没有看到小鸟，我在绿的气息里，见到了重庆的火锅和爱吃火锅的重庆人。火锅火辣辣的，吃得男人赤膊露背的，重庆的男人不像火辣辣的火锅，没有火性，他们像嘉陵江和长江在重庆流淌过一样，平平和和。我见到了重庆小女子，她们的俊俏、水灵，让外乡来的男人忍不住说，好，让外乡来的女人忍不住要多看几眼……

紫金文库

徐州街上钓鱼

去徐州,朋友豪气地要请我吃上一次丰盛的鱼宴,还说是他亲手钓上来的鱼。我不大相信,没有听说过他会钓鱼,只以为他是嘴上说说,调侃,闹着玩的,是要拣回多年前丢失的脸面。

那次,我从徐州转乘火车,去朋友家蹭饭。他知道我爱吃青鱼,从街上拎来两条青鱼,要让我过过嘴瘾。尽管是六月,绿肥红瘦,鱼儿旺长,但那两条青鱼一点不大,瘦瘦小小。红烧鱼出来了,红红亮亮,鲜味丝丝缕缕萦绕着,我嘴里没鱼,可鲜味早已荡荡漾漾,舌尖上的馋虫被勾引得两眼滴溜溜地乱转,不能自抑地翻身打滚。

我手中的筷子迟迟未动。朋友看出我不好意思下筷子,鱼小,怎能耐住大口地咀嚼呢。他脸上有点窘色。后来再见他时,脸上竟然还有些隐隐约约的窘色。

这次，朋友真的带我去街上垂钓了。

徐州街上能钓鱼，怎么钓？我知道这座城市是少水的，水少又有多少鱼可垂钓呢？

徐州早不是过去了，已成了水做的城市，欸乃一声中湖水荡绿。徐州大街上有湖。繁荣纵横的大街上，除了有最大的云龙湖，还环绕着翡翠般的大龙湖、金龙湖、九龙湖、九里湖四个湖。五个湖像五片巨大的荷叶，让徐州整整一个城市仿佛变成一片湖，凝着碧色，一条条宽阔的大道宛若荷叶上的一道道筋脉，高楼、车流、人流、花园，一切的一切，如同滚动在荷叶上亮闪闪的水珠。

眼前的风景醒亮，是我从来没有见过的。一幢幢雅诗兰黛的文化高楼，偎依着绸缎般的湖水，像一朵朵花儿，扶翠吐蕊，亭亭玉立，激情地绽放着。湖里微软的涟漪唱着歌给树梢上的鸟儿和水中的鱼儿听，湖里摇曳的芦苇用清丽的身姿招来陌生的水鸟踏着水花舞蹈，白云用干净的影子不时擦拭着湖面和湖边的人，高楼用强悍的气象塑造着湖水的细柔亲昵。

朋友站在一个一个垂钓的人群中，安静地端着长长的竿子垂钓，俨然成了一道景致。街上往来的人留住步，闲散的像欣赏国画一样赏心乐事地品评着他们。湖面清纯如镜，宁静似荷，让我怀疑这里真的能钓上青鱼？

湖里真的有很多鱼，有的人钓上来了青鱼王和鲤鱼王，所以称王，主要是它体重，个大。朋友钓上来几条青鱼，没有什么可称王称霸的，但个头不小，有几斤重。他乐得直说，够吃了，吃不了。我说，还用吃吗，早已看饱喽。朋友说，吃鱼不如钓鱼，吃鱼是口福，钓鱼是境界。

我拿过朋友的钓竿，也钓鱼，想找找我的境界是什么样。我钓了一条鲤鱼，却没有找到什么让我特别舒服的境界。我说，钓鱼不如看钓鱼的，尤其在街上看钓鱼，能在物质世界里享受精神世界的人有几个？

朋友钓的鱼没有吃，而是作为一种稀罕的徐州地方特产，让我带回了在海边的连云港家里。

那晚，雨下得很大

酒是好朋友。我与几文友中午喝酒喝到下午，突然间酒劲发作，搭车到了花果山下的大圣湖边。玩湖是假，到朋友家玩玩是真的。

这是一个来往近三十年的朋友。近些年我们走动少了些，他少到市区，守着属于自己的一方青山绿水、雕檐小楼，整日埋头在茶地里，或是用葡萄、苹果、梨、石榴酿造什么酒，间或，有了灵感，写写诗句文章。除自己玩味外，拿到外边发表出来，赚几个小稿费，有时获个奖，那奖金还不菲呢。我忙于烦琐工作外，整个心思扑在儿子学业、工作上，少有其他心境了。

我一直记着，曾在十多年前的一个下午与几文友到这朋友家来，在夕阳西下的山上采摘野花椒，伴着让人昏昏欲睡的灯光喝酒吃霉干菜。这像一幅画收藏在我心里，似一泓泉水活在我眼里。

我们到大圣湖边时，天已经开始黑下来。初冬冷清的寒楚里，天上飘浮着云，掉着零星的小雨滴。

湖上为我们演绎出如梦似幻的风景。我们没有马上去仅在咫尺的朋友家里，留在湖边，有滋有味地看起山水。

湖上的云雾压得低低的，薄薄的，几乎擦着了湖水，映衬得湖水清又蓝。远远的山峦像被云雾托起来似的，在半空中飘浮。云雾或浓或淡，把山峦真真实实地勾勒成一副江南洞庭春色。

我们简直不忍心离开眼前的美景。转身要离开湖边时，近在身边的大山的巍峨气度又让我们站住脚。湖上的云雾与岸上的大山隔着不远，则是两重天，一边是虚虚缈缈，一边是真真实实，形成强烈反差。站在这或虚幻或真实的世界上，一下子感觉到我们每天生活的空间，不就是真实与虚空的社会吗！

到了朋友家里，他和妻子把家里收藏起来的山珍全都拿出来，做了满满一桌子稀罕菜肴，劝我们不停地吃。我们喝他酿制的石榴酒、苹果酒，饮他种的、采的、炒的云雾茶，忘记了很多烦恼和不快的事，忘记了外面不知什么时候下起来的滂沱大雨，忘记了时间悄悄然无声地过去。

朋友谈兴勃勃，恨不得把我们这些年没见过面他所听到的和发生在他身上的事全都讲给我们听。

我看着、听着朋友的讲话，心里不由自主倒腾、回味着刚刚在湖边看到的云雾和大山。朋友不就是真实的大山吗，只有属于土地的人，把自己交给了土地的人，才会有这真实。我这样的社会人，怎么会真实？太真实的我怎么能存活在这社会里？人大都两个脸，我也两块脸，一块是真实，一块是虚空。说虚空是客气的话，是给留了点遮蔽羞辱的颜面，说实话，应该是虚伪、虚假、虚无、虚荣……

那晚，雨下得很大、时间很长，外面四处响着湍急的水流声。一场雨后，湖水会更涨了，云雾会散尽了，山会愈发青翠欲滴。我从农村回到市区，心里一直下着大雨，不得安静。

紫金文库

月亮吟唱着

我走在桥上。

这是人生必然要经过的五十岁的桥。

三十岁、四十岁时,我心里根本没有想过自己的五十岁,觉得这与我无关,登在人生旅途华彩如梦的山巅上,仿佛天天能听到小草在歌唱,常常迎风开怀,顾盼神飞,理想饱满得闪闪发光,五十岁这个字眼离我还很遥远遥远。五十岁是什么,用老百姓的话说,是半截身下土。过了五十岁,那五十五、六十岁就在前面守着了。五十岁是个准小老头子,画饼充饥的事情是不可能再做了,缤纷的理想在云里雾里已朦朦胧胧,看什么更实际更现实了。

好过的日子没留心过去了。

我眼睛读书看报吃力时,才恍然醒来,眼睛老花了,已是四十八岁的人了。有老领导感叹说,人到五十,去娱乐场所唱歌都不行，那里都是年轻人，心里别扭。

我真有点忐忑五十岁。忐忑雪白的胡子，忐忑老花的眼睛，忐忑失去的激情。

五十岁在我眼里，峭壁肃立，星空寂寥；海风拂面，波浪无声。

但我无法拒绝五十岁，无法拒绝恒进的时光，无法拒绝属于我的年轮，无法拒绝离不开的我的生命。

我很介意站在五十岁门槛上的这一天。日子平平常常，我拎上包，要上班，忙碌的爱人也没有记起我今天是五十岁。我从来没有摆宴过自己的生日，没这习惯。但这天，我对爱人说："今天我生日。"

她恍然大悟，说："是哟，你五十了。"

我以为她会很介意我的五十岁，甚至能做碗寿面给我吃，不想到，她说："真快，五十了。现在六十都不算大，五十正是人生最年富力强时候。"

我点头称是。

这一晚，我独自在星光下散步，想要丈量走过的五十年。五十岁了，我感觉自己没变，依然还是昨天的我。

我来到一座大桥上。河流里涨满如霜的月光，流水宛若一条条银色的小鱼奔跑着。我走过桥，再看大桥，发觉，人没有变，心境变了。人生的五十岁，正如同桥，从此岸到彼岸，把人从茁壮的春天、蓬勃的夏天过渡到果实累累、风景如画的秋天。历史从来都是好戏的开场，人生的精彩好戏出在五十岁，常常能够绽出秋天里的多姿多媚的春天。这样的例子遍地皆是，太多了，举不过来。国外国内的政治家、科学家、文学家，经济学家，大多数都是在这个阶段才华横溢、声誉鹊起、如登中天。

在桥上，我看见了河流里万类霜天竞自由。

五十岁，一个文字符号，生命的大性不会因时间递进嬗变。要懂得，五十岁只能站在五十岁的桥上才能懂得亲和珍惜，那是推开过三十岁、四十岁大门的人，吃过盐又被盐腌过的人，有过努力又被努力抛掉的人，有过爱又被爱嘲笑得羞愧难当、滴下泪水的人……只有这样，才会知道，泪水为什么是咸的，地球上为什么会有春夏秋冬，流淌的河水为什么会结冰，芦苇为什么会绽放如雪？

走过五十岁的桥，心境会恬淡安适，纯洁温热，智慧与创造相伴相随……

从五十岁的桥上我已走过来几年，心里所想到、看到、听到的，依然是年轻时胸怀里所装的几个理想，像太阳照耀着我，像月亮吟唱着梦想……

走一回村路

离开云门寺二十年了。重去那里是二十年后,在熟悉的陈旧的散发着霉烂气息的村部里稍息,在一片芦苇荡里走了走,就沿着那条曾走了千千万万遍的留下深深辙印的村路大步流星返回了。

一切都是在梦中,我以为。无论是在云门寺的三年峥嵘岁月里,还是后来做一个匆匆过客,我一直怆然地以为是这样。吃的苦,受的委屈,遭的磨难,算什么,既然你要生活,就要有所付出,就要劳其筋骨,就要感受生活意料之外的冲击。

走一走云门寺吧,走一走它毗邻的江庄村吧,走一走黄九垱今天高楼林立现代化的开发区吧,这是一种人生哲学,这是体验大自然强悍的生命张力。这里曾是五洋湖,是海峡,两山夹峙下的一片汪洋,包孕着无数盎然的生命。

面对雄浑的山脉,厚重的土地,葳蕤的大树,生生不息的人类，怎能相信它们曾几百年几千年几万年寂寞地淹没在海底，怎能相信这里曾是乾坤大地，日月星辰，汪洋恣肆，森罗万象。大海退避成山脉和土地，这要历经几千、几万、几十万年呢？陵谷变迁似乎都在梦中完成的，在梦中历经了季月烦暑，流金铄石，聚蚊成雷，封狐千里。

1975年12月28日，我下乡插队在云门寺当知青的年代，站在"五洋湖"土地上，依然感受到遥远的五洋湖浊浪滔滔、气吞万里如虎的磅礴气势，寻找到五洋湖的象征物，一块像五只羊耐人寻味的石岩。

声势浩大的大海已退缩到五里路外的板桥镇，但五洋湖还不肯罢休，一条河流羞羞答答地从大海迤逦而来，横穿广袤、平坦、坚实的咸土地，不塞不止，波光漾漾，撩人心思。

大自然的甘霖滋润造化了山清水秀、人杰地灵如同神话般的一片土地。偌大的村庄，笼翠蔽荫，山上青竹、泡桐、松柏，河里鱼虾、螃蟹，鳞光闪耀，地里稻菽、小麦，千重波浪；炊烟升起处，鸡鸣鸭叫，犬吠相闻。曾与我相处的人们质朴可敬，璞玉未雕，没有艮深的芥蒂，没有羁绊的阴影。我为曾拥有过的那一片泱泱沧沧的五洋湖而人生丰足，为曾做云门寺一个普通的社员而殷实。

重走云门寺，变化是在意料之中的事情。时间改变一切，人在改变一切，高耸的烟囱吐着袅袅的黑烟，一家家钢筋混凝土结构的小楼让我陌生得不识谁家，牵着大海的盐河边筑起了电视差转台……一切的一切，在有几万年生命的浩渺烟波的五洋湖里又算得了什么,这就像人类在莫测高深的大海面前一样,喟然长叹……

村路依然,窄窄的弯弯的,印满浅浅深深的车辙。我记忆里恍然出现雨中泥泞的村路,出现五洋湖滔天巨浪……

我们的乡村

去乡下,我们寻找单位里的一位"老革命"。

小寒一过去,就是大寒,天气立时寒冷起来,乡村的土路两旁地里的麦苗压上一层厚厚的白霜,小河结了冰,小草枯了叶,小麻雀冷得躲了起来,脚下的路冻得硬邦邦的。

严寒里的村庄几乎看不到走动的人影,宁静把这里变得一片寂寥。

我想不通,一位离休老干部,扛枪打过鬼子,跨江解放过全中国,每月工资七八千,在城里还有小别墅,怎么就远离城市,到了乡下,过着几乎是乡下人的日子。我隐隐担心,习惯吗?方便吗?万一身体有个毛病怎么办?

我们寻找了几个村子,才算搞清楚,他是住在这个村子里。

村路很长,也很瘦,坑坑洼洼的。

银杏教会我们成长

一股清新的混合着青草清香的气息弥漫过来,灌进了我的五脏六腑,让我神清气爽,精神一振。我脱口喊起来,是牛粪。我禁不住仰脸贪婪地对着田野的上空,深深地呼吸了几大口冰凉的空气。

乡村里有牛,没有牛的乡村算不上是真正的乡村。听到一声悠长的吆喝牛的号子,看到一条犁地的牛,你心里才会有一种踏实、暖和,感到这里是一个渠水淙淙、炊烟袅袅、人丁兴旺的村庄。

村路上,见到一堆一堆牛粪。牛与乡村结伴而生。

一种亲切,在我每一根血管里流淌。

记忆推开了童年的门窗。我惊讶自己的记忆顽固得如此这般根深蒂固。

那是一个将要接近春节的日子,乡下的四姨奶过七十岁生日,母亲带着我去为她贺寿。来的亲戚多,晚上她家睡不下,四姨爹领着孩子们住生产队牛房里。

住牛房,让我们这些城里的孩子兴奋不已。

牛房里拴着六七头黄牛和水牛。四姨爹常年住在牛房里看牛,以牛房为家。他是个精瘦的小老头,嘴里没有几颗牙,一说话,嘴里空洞洞的。他脸上总是带着笑容,对我们说话总是轻轻地哄着说。

牛房里暖洋洋的。牛慢腾腾吃着草料,慢腾腾甩着尾巴。四姨爹时不时地给牛槽里的草料里添豆饼,搅拌一下,让每头牛都能吃到精细料。他还会和牛说话,它们也听懂他的话,让挪腿就挪腿,让它们吃草料时文静些、互相谦让着一点,也就客客气气、文文雅雅地吃起来。它们大便小便是四姨爹牵着出去解决的,一个一个很乖，简直像孩子，有的牛不小心在房里大便，四姨爹也会骂上几句。

我兴奋得一夜没有睡好觉，尽听着牛的一下一下不紧不慢咀嚼草料的好听声音，嗅着牛房里草料清香的气息。

不知什么时候，我迷迷糊糊睡着了。天亮了，我发现，自己在床上溺了一泡尿，把四姨爹的棉裤也洇湿了。我羞得抬不起头来。四姨爹乐了，说我在牛房里睡得踏实才有这一泡尿。

人是活在记忆里的。

真不敢想，如果没有记忆，人会怎样活着。

记忆领着我在灵魂里与"老革命"说话，让我揣摩他、走近他、理解他、领略他、尊敬他。

村路和眼前的村庄，让我对"老革命"有了新的体悟：人来自土地，来自乡村，从乡村出发，最后再归回乡村，扑向土地。这是天籁之音。

在郯庐断裂带上

人的降临意味着开始捍卫生命。为了证实宇宙和这一个有水有空气有海洋的蔚蓝色的星球存在,大自然鬼斧神工的孕育出开天辟地的人类。

东海县郯庐断裂带,是大自然大运动、大错位、大移动、大浩劫的结果,巨大坚硬的岩石被从中间严整地扯开,轻而易举地,随心所欲地,一块被丢在桃林镇,一块被推到了千里之外的安徽;平坦的大平原被掰得沟壑纵横……

人类在天地之间渺小、脆弱得微乎其微,经不起来自大自然地任何轻轻地一击。捍卫生命,是人类毋庸置疑地选择。

在郯庐断裂带上的李埝林场的人们,抗衡自然、征服自然、改造自然、嘘枯吹生的峭峻风骨让人不由钦敬。这是一片在丘陵上的沙石红土地,浅浅显显的,几十厘米下是铁一样生硬的花石头,一年四季大半干旱，天上落下的雨水，转眼间，不留一点痕迹就没有了。

李埝林场诞生在这片不毛之地上，这注定了生存的人们要艰辛度日。既然要艰苦卓绝，便熔铸了他们勇猛强悍，铜头铁额。荼毒生灵的自然环境经不住他们的抗击，沙石红土上不可思议地出现了一片墨绿色的松林，一片一片果林看不到边际，一垄一垄麦子黄得如金。

红土地上没有水，却有一排排红瓦房的人家，他们有牛、有羊、有狗、有猪、有鸡、有菜园、有水井。这里一切的生命是人给予的，是他们用木桶从几里路外挑来润活的。春夏秋冬，周而复始，重复一个永恒的生命主题。

自然是不可战胜的，这点道理谁都知道，然而，人类只有去抗击自然、甚至战胜自然，才能争取到自然对人的一点尊重，和谐相处。人抗击自然是不可穷尽的，一代又一代，生生不息，锲而不舍。人在对自然的求索过程中，体现出生命的无限意义。

春蕾是从哪里来的

春蕾是从哪里来的？

隆冬里，我总是站在窗前，久久地凝视着二楼下后院里的一株蜡梅树。她不高也不繁茂，有点瘦弱，但满树上上下下、星星点点结满了春蕾。寒风冷冷地吹着，雪花凉凉地飘着，蜡梅树没有一身绿叶庇护，只有春蕾昂首挺胸、精神地立在枝上。风摇着，想把她拽下来，雪花包裹着，想把她冻僵。她依然攥紧拳头一样结实的春蕾，在想象、在慢慢长着个子、在准备随时展示自己的青春力量。

一天，蜡梅树上结了一层薄薄的、亮亮的冰，一个个春蕾也穿上了蝉翼一般薄薄的透明冰衣。我担心，春蕾可能会被冻僵的。一天过去，两天过去，只到冰融雪消，春蕾不但没有冻僵，反而长得肥肥实实，绽露出了迎接春天来到的黄色粉瓣。

哦，春蕾是从冰雪严寒里走过来的，是从坚韧不拔、孜孜以求的奋斗中走过来的。既然"春蕾"诗社以春蕾为名，就有了蜡梅的个性、气质与精神，就会朝着理想、憧憬、信念不怕疲倦地跋涉……

太阳从海面上升起

当你站在轰响着大海涛声、飞扬着四溅浪沫的海岸线上,此时,你就属于这个世界上最幸福的人。连云港的海上日出铿锵有力地撞击着你的生命,使你无法遏止渴望中的无限创造……

连云港人是骄傲的,拥有得天独厚的海上日出。经过一夜磨砺洗礼而鲜红的太阳,总是把第一缕红火毫不犹豫地喷泻在连云港土地上。

我是在一个东方欲晓的黎明时分登上云台山巅的。

起初,我以为自己是起了个大早,幽静的黑黝黝的夜色里,崎岖、坎坷、陡峭的山路上只有我一个人。爬着爬着,夜色越来越淡白清晰起来,周围响起人的讲话声音。看过去,人影憧憧,不太明朗。

到山巅上,海面上吹来的咸风清凉的,身上热涔涔的汗水立时不见了，反而有些硬冷。夜色被硬硬的海风吹拂得像山上的岚气一样散了，不知飘游到哪儿去了，山和山间的草草木木，几只婉转啼叫着的麻雀，都刚刚睡醒过来，睁着一双带着睡意的眼睛打量着你。

海上日出激动人心。海天相接的地方一片铅色的云层如同山峦一样层层叠叠，一切是那么平静。平静是暂时的。光明的火焰寻找一切契机，寻找难以承受的生命之重，在云层磨砺中，一点一点地突破，黑暗在天东边盛开地一片烂漫的红色杜鹃花中灿烂死去，终于，一轮红日从海面上热腾腾升起。旋即，喷薄而出。这种气势恢宏的升腾和开始，极具诱惑地召唤着每一个人。

海上日出的过程是新的生命诞生的过程，是新的生命开始，昭示着自然和人类，都无法逃避新生的事物必然淘汰替代旧有的事物。

在中国广阔无垠的地平线上，邓小平推开中国改革开放的大门，犹如古老的中国迎来海上日出。从此，中国有了新的发端，有了太多的开始；开始的希望，开始的腾飞，开始的笑容，开始的阳光灿烂。奇迹一个接一个，像绚丽的礼花，绽放在中国上空。

站在流云飘逸的高厦上，行走在流光溢彩的步行街上，乘坐在一日千里的高速公路上的客车里，聆听着几十万吨巨轮进港池鸣笛声，看着旖旎浪漫的沙滩，你真的难以置信，真的怀疑自己一双眼睛是模糊看错了，这就是那个名不见经传的小渔村连云港，就是那一片寂寥的海滩和荒地？

伟人将开放的大门推开了，太平洋的气息涌进了中国，涌进了连云港。连云港人肩负起历史的责任，撞响了时代的钟声。连云港人不断创造新的历史，不断吸引着中国的目光：连云港是中国沿海十四个对外开放城市，连云港是新亚欧大陆桥东方桥头堡，连云港诞生了神州第一堤，连云港港口崛起了在中国沿海港口也是风流倜傥的三十万吨级矿石码头……

太阳每天都是新的。一轮红日，每天从海面上燃烧着升起来，连云港每一天都有感悟的非凡意义，每一天都站在新的起跑线上……

伊村出发

对于一个搞文学的人来说，这次去南京伊村饭店学习是一种缘，能在里面住上七天更是一种缘。看见伊村饭店几个字，走在伊村茂密的树林下，踏在平坦松软的柏油路上，听着满山鸟雀啁啾的声音，我暗暗咀嚼、回味伊村的一个"伊"字。

是一种巧合？是一种意念？是一种缘分？伊村从诞生开始，默默地坐在小山坳里，任葱茏的树木恣意地覆盖，仿佛它的存在就是在虔诚地等待着省作家协会今天的选择，等待文学在今天幸福地光临，等待我们这样一群年龄不小不大、忠诚文学的人踏来。

一个"伊"字，让我对这里一切的一切亲切起来，让我对造出方块汉字的我们祖先顶礼膜拜，肃然起敬。从此，七天生活都与"伊"字缠绕在一起，扯也扯不开，扯了反而乱。

说伊村吧，其实就是彼村，心中的那个村。我心中的那个村，是割舍不去的文学和文学朋友。

伊始这个词的解释是新的开始，用伊始诠释伊村，那我们的文学写作是要从这里开始新的起头。给我们讲课的米教授说的是"伊"字，笑的也是"伊"字，虔诚的更是"伊"字。

伊村很容易和《圣经》中的伊甸园联想到一起，上帝为亚当夏娃创造的那个生机盎然的伊甸园也类似于伊村，流水潺潺，树木繁荣，鲜花飘香，果实诱人。亚当夏娃被蛇诱惑，偷吃了禁果，遭到了上帝惩罚。在文学的伊甸园里，要创造一部惊世骇俗的大作品，不是也要面临重重复杂的禁区吗？也许历经了苦难也不会获取禁果。

"伊"字圆了我的文学梦。我的文学伊始是1980年6月，省作协在无锡柴油机厂举办了第一期青年作家读书班，为期两个月，我有幸成为这个班的学员。那年，我二十三岁，距离现在整整二十五个年头。这期间历经过无数的事，有的事做过就忘了，甚至一点痕迹也没有留下来。但参加省作协第一期青年作家读书班深深地留在了心里，成了生命的一部分。那些人和那些事至今活生生地出现在眼前，一切像发生在昨天一样。

在四十八岁的今天，我又参加了省作协举办的第一期中年作家研讨班。两个伊始，两个第一期都被我遇上了，所拥有了，两种环境重叠在一起，变成了一种心境，一种情感。我仿佛又回到了丢失在1980年6月里的年轻的二十三岁，我傻傻的，爱做梦，对什么似乎都懂，又似乎不懂，对什么都容易激情用事，却又容易稍纵即逝。

命运给我划了一个圆，文学给我划了一个圆，我又站在曾经兴致勃勃的、满弓发出的起点上，站在两个伊始的交会点上，星光和阳光不分昼夜地照耀着我，历史和现实在不停地昭示着我。我背上生活的行囊，系紧鞋带，拿上一本好书，揣上一瓶纯净水，在阳光下，在星光下，在雨里，在风里，在泥泞里，在一片树林里，从伊村出发……

日本的早晨

我头脑里想的和亲眼所见的是天壤之别。有些东西是永远无法想象和临摹出来的。

到日本神户市的明石第一天，我起了个大早。

晨曦的流云依稀可见，明石这个依山傍海不大的城市在成群的海鸥噢噢唤声里睁开了朦胧惺忪的眼睛。

日本的早晨开始了。我不敢懈怠，不敢浪费仅有的七天时间，开始认识这个陌生的岛国，感受这个与中国靠得又近却又很远的国度的新鲜的每一秒钟、每一分钟、每一小时。

明石乌鸦多，在树上、房上、桥上一声声地叫，沉沉的声音，虽难听，却没有人侵犯它的权利。乌鸦唤声中的明石有了一种冷峻、萧瑟、神秘的气息。宁静的城市，更静了。

街上道路不宽，很洁净，黑白分明，黑的是柏油路，白的是交规线条，醒人夺目，像被水刚刚洗出来一样的白。大小车辆疾驰而过。车辆鸣笛声是听不到的。行人脚步匆匆，他们看不到绿灯亮绝不会穿越人行道，哪怕马路上没有一辆车，空荡荡的，也要一动不动地站在路边守着。电车大约五分钟一班，长长的十一节车厢在宁静中疾走。

电车站台上，人群如蚁，要搭乘早班车赶往远远的大阪、神户、京都、奈良、堺市上班。电车来了，人群平静，列兵一样整齐划一，双脚不会踩到禁戒的黄线，紧紧贴着黄线内站着。上车彬彬有礼，鱼贯而入。一闪而过的电车厢里，男的女的老的少的昂首挺胸端坐着，目不斜视，没有言语，凝固在宁静中。

依山而筑的住宅，层层叠叠，一幢一幢的，方方正正，积木一样，有两层，也有三层，造型各异，顶子是一样的小瓦片，五颜六色，平和而静雅。家家门前，大小院落，都有花草树木。

海边有钓鱼人，晨练人，看海景人，海鸥在他们身边溜达，看他们钓鱼。人与海鸥关系和睦。

早餐了，餐厅里安静的空气里偶尔响起几声轻微的刀叉碰撞声，人与人聊话几乎是贴在耳朵上，似乎生怕别人听见。

全日本只有一处的孙中山纪念馆在明石。日本人不叫孙中山，都叫孙文。日本人给孙文纪念馆找了一个风景独好的地方，守在明石海峡边。明石海峡大桥是日本跨海最长的桥，海峡辽阔，水深发乌，湍流滔滔，铿铿锵锵。

日本人对孙文很有感情，纪念馆的负责人为在纪念馆工作感到荣誉。纪念馆里孙文的图片资料林林总总，丰富多彩。一名中国江苏的留日女研究生在馆里打工做翻译。

纪念馆是一个三层小洋楼，她像默默为海峡里来往船只导航的灯塔。虽然，她确实不是海峡上的灯塔，而是耐人寻味的纪念馆。小洋楼也静，在这里静了一百多年。

日本的早晨宁静悠远。

生活需要一种心态，与自然和谐，人才能达到内心的和谐，求得宁静。

日本人守着一份宁静，也许是摆脱物欲横流、光怪陆离的现代社会生活的一种方式。

紫金文库

日记上的日本

今天，是纪念中日邦交正常化三十五周年暨中日文化体育交流年"日中书法交流展"开幕的日子。

日本人选择下午一点钟举行开幕式。我脑筋一时没转过弯子来，纳闷怎么会在下午举行开幕式。开幕式和一些吉庆的事情在中国一般是上午举行，上午吉祥美好，太阳冉冉升起，阳气上升，有升腾、紫气东来的意味。看来，在日本得换一种思维方式了。

交流展放在兵库县国立美术馆里举行的。日本的县相当于中国的省，神户市在日本的地位相当于我们江苏的南京，省会中心，又是日本数得上的大城市。

天气不好，满天灰色的云絮，海面上的风带着寒意阵阵吹拂着神户这座现代化的海滨城市。

离开幕式还有几个钟头，我们先参观了日本唯一的人和防灾未来中心。这是两幢防灾未来馆和人未来馆，展示了一九九二年神户大地震时的纪实图片、声像惨景和人的未来幸福憧憬，地震多发的日本国男女老少都来这里接受教育。

一批批的日本男女中学生，穿着单薄短装的黑白相间的校服，在大理石地面的广场上席地而坐。我担心，这些孩子会被冻得受不了，甚至冻坏，尤其是女孩子，穿着短裙，赤裸着两腿，能挺得住吗？翻译告诉我，他们习惯这样了。

午餐吃得迅速而整洁。一个饭盒里，两只小碗分别盛着米饭和面条，还有几枚生鱼片，几片生菜叶，我叽哩轱辘的肠胃还没有尝到吃饭的感觉时，一顿饭已经在安静中结束了。适应一个民族的饮食习惯吧，已过来的三天不就是这样吗。一切都是匆匆的，走路匆匆的，时间的节奏匆匆的，说话是匆匆的，吃饭也是匆匆的，坐车和办事也是匆匆的。这样也好，删繁就简，不耽误事情。

吃饭时，我想到了李敬伟和陈迅，他们被日本人叫去一块儿布展。当时大家都羡慕地望着他俩，心想，他俩午餐肯定不和我们一样，要吃小灶，能吃顿饱饭了。

饭后，我们就赶到了美术馆。

十分现代的美术馆与蔚蓝的大海构成和谐的一道风景。美术馆不高，但构架很大，方框结构，银灰的外表。这是日本著名的建筑家安藤忠雄设计的。

美术馆有许多精彩的亮点：不仅展示美术作品，也是作为各种艺术融合的一个场所。在建筑物单纯明快的构成中能够实现复杂多样的空间体验，制造出能够提高观众的感受性、诱使观众展开联想的平静氛围的大厅，与之具有对照性的围绕着充满阳光的展览室周围的玻璃幕墙回廊，等等，建筑内部的各个部分都能看到丰富的阴影。眼前宽阔的蔚蓝大海和这座巨大的迷宫仿佛融为一体，演绎着各种光的变幻。

开幕式在偌大的展厅里举行。

地毯鲜红夺目，我们代表团和日本人都整洁、恭敬地坐在椅子上。这与连云港文化有差异，我们在家里举行展览时，都是站立的。

兵库县国际交流协会副理事长丹羽修致词。我作为代表团副团长作了开幕词，团长李锋古受我市领导委托致了贺词，副团长兼秘书长张耀山红容满面地向日本人介绍了随行的团员。李锋古参加了剪彩。日本人剪彩与我们在连云港不一样，都戴上洁白的手套。这倒显得挺庄重的。欢声笑语洋溢在展示着中日书家一百件作品的大厅里。有许多日本妇女穿着鲜丽的和服，像蝴蝶在人群里飞来飞去，把轻轻欢乐的笑声撒落在展厅里。

现场书法切磋交流开始了，中日书家们在盈盈几尺的白色宣纸上尽情地奔泻着感情，迸溅着灼人的思想火花。我是领略到市书协主席张耀山的气度和神韵了，在书法艺术和人的品质上臻美和谐，力度不俗，让日本人刮目相看。

中日书法理论研讨是出访日本的又一个亮点。兵库县书人联合的两个牵头人，太田和原田真是两个中国通，谈起中国书法文化，口若悬河，滔滔不息，从魏晋谈到明清，如数家珍。我为灿烂的中华文化在日本的厚重影响，心里一次次地豪情汹涌，感到作为一个中国人的荣誉和自豪!

  太田七十多岁了,仪表堂堂,像这样气宇非凡的日本男人真的不多。他为了把握中国书法,从源头溯起,自费到中国的北京大学潜心学习汉语半年多。

  我从事文学创作,对书法文化朦朦胧胧意识到一点,这次到日本,对中国书法,对连云港书法,对代表团的张耀山、何连海、陈迅、于剑平、李敬伟、王善同等书人的书法造诣和他们对中国书法精髓的把握,有了重新的质的认识。我第一次看到张耀山是这样的从容善谈,在中国书法文化的河流里这样陶醉和自信。他向中日书家们痛快淋漓地展示了一个书家丰富的内心世界,吐露了对中日两国书法的感受,在不同的国度,不同的文化背景下所彰显出来的不同艺术魅力。

  何连海让我在蔚蓝色里看到了中国书法界的一位后生厚起薄发,勃勃锐气。他对中国书法艺术上下千年的纵论,对日本书道的独特理解,让日本书家感叹不已。

  中日书家合影后,我看到一直为书展带着一身疲惫,忙忙碌碌的太田先生吁了一口轻松的长气。他对我喃喃地说,你们来之前,日本气象台说今天有雨,可今天没下雨。看来日本气象台也有报不准的时候。

  我们没忘李敬伟和陈迅吃小灶,问他俩午餐吃的怎么样,他俩苦笑道,开始以为能单独招待他俩,哪知,也是两只小碗,盛着米饭和面条,还有几枚生鱼片,几片生菜叶。

英伦三岛的旅程

　　选择多情多姿的七月去英国、爱尔兰是一件多么快活的事啊，尤其是跟随江苏省作家协会代表团出访，更是撩起了我对旅程充满色彩斑斓的遐想。几部电影《魂断蓝桥》《三十九级台阶》《伦敦上空的鹰》《百万英镑》和徐志摩的诗《再别康桥》，塑造了我对英国的全部印象和神往。

　　蓝桥还在聆听泰晤士河涟漪的喋语吗？蓝桥上的爱情故事还在泰晤士河上弥漫吗？天上的云絮还洁白如玉地擦拭着三十九级台阶上铮铮有声、划动的大钟吗？剑桥大学的康桥还在斜斜风雨里、霞霭晚照里、芦花柳絮里、清徐流水里，等待徐志摩来吟诵《再别康桥》吗？

　　没有去英国前觉得这个国家与我没有关系，最多起兴时在地图上看看英伦三岛，用手指比画一下，离北京远着哩！要去英国了，远在大西洋边的这个国家一下子与我拉近了距离，感觉很缥缈、不实际的地方并非不能靠近，在时间里一切都有可能发生。

英国始终给我一个蔚蓝色的印象。蔚蓝色应该是地球上最美丽的色彩。

我把去英国的旅程想象成了蔚蓝色，飞机沿着蔚蓝色的海岸线巡航，机舱里的旅客也为蔚蓝色的旅程和即将抵达的蔚蓝色目的地心花绽放得也成了蔚蓝色。

第一次乘坐长途飞机，我还是没有经验，很累的，哪有什么色彩斑斓、蔚蓝色的心境。我的位置紧傍舷窗，以为舒适又赏景，暗自高兴之余，对一边同行的倪道潜处长作出热情姿态，邀他坐窗口。道潜与我同龄人，连连摆手，推脱。我只当他谦虚呢！

叶兆言有好位置，却跑到最后一排独自坐着，连连叫我："后面坐不满的，过来，让王主席他们坐的宽敞，你也舒服。"

我在后面中央一排也独占三个位置，心里却对前边空出的靠窗位置心心念念。

道潜始终没有坐到窗前，在自己的位置上时而出来走动一下。我明白了他为什么要坚持坐在人行道边上，叹服至极，老江湖呀！

在一万一千五十五米高空，飞机像中国的夸父，追着地球的自转，追着奔跑的太阳，沿着内蒙古的乌兰巴托，俄罗斯的乌拉尔山脉、新西伯利亚、莫斯科、圣彼得堡，穿云破雾，以一小时九百多公里的速度飞行。

机翼下白云、湖泊、山脉、森林、村镇，五彩缤纷，一枚枚、一方方、一瓣瓣，像轻盈的树叶、云絮，从我眼前飘飘地游弋过去。

飞机的速度与地球公转的速度几乎相等,从北京启程是白昼,下午一点三十五,抵达伦敦依然是白昼,下午五点半。北京该到夕阳落山时了,伦敦却正是阳光万丈。十点钟姗姗来到时,伦敦才很不情愿地合上夜的眼睛。

我几乎不存在时间差,在伦敦的第一个晚上睡得很沉。兆言和我同室,在他眼里,我睡得很美。他用羡慕的口吻说:"你睡得真香,让我很难过。"

他几乎一夜未眠。他到陌生的地方常常失眠。他对自己从小就孱弱的身体很愤懑。

在伦敦第一夜很难过的还有团长王臻中,还有赵本夫,他俩都失眠了。让赵本夫更难过是在室内不许抽烟。他有二十多年的烟龄。一到宾馆,他第一句话是:"房内能抽烟吗?"话一出口,他又知道等于没问,室内都有抽烟自动报警装置,一旦响了,警察就上门了。

为了战胜失眠的苦难,赵本夫在宾馆前的大道上跑了几个一千五百米,对着晨曦中伦敦模糊的轮廓狠猛地吸了几支烟。

道潜睡得精神,清早一照面,脸上是呵呵地笑。

兆言又啼笑皆非了,领导说英国、爱尔兰宾馆里没有热水,饮的是自来水,为了领导和自己能喝上热乎乎的茶水,他不负期望,不远万里背来两个电热壶。可进了房间,他哑然失笑,这里配有电热壶。

伦敦伸出绅士一样的手,开朗地拉我们走了进去。伦敦要把最象征这座城市和国家的景观让我们在第一时间里赏心驻足，能记住她。

下车时，突然豆粒般大的雨点在阳光里噼噼啪啪甩下来了。陪同的工作人员兼司机早有准备，为我们递上了折叠伞。伦敦多雨，一年二百五十多天下雨，海洋气候，天空的云朵都是跑的，七月里天气凉爽爽的。

应该是繁丽的市中心了，玫瑰丛畔，槐柳荫旁，青草圃前，毗连着特拉法尔加广场、白宫街、维多利亚街、泰晤士河，装有八米见方的大本钟，是电影《三十九级台阶》里的大教堂，还有一座座高耸的中世纪教堂庄严并立，森林似的尖阁在灿烂的阳光下闪烁着神圣的光芒，永恒直指着天空，朴素的气象，令人起敬。

威斯敏斯特教堂，又称名人堂，有近千年历史，是英国国王加冕登基的地方。梁启超先生写过这里，我读过那篇文章，对这里做过多少回奢侈的梦。我轻轻走进这里时，真的怀疑是不是还在梦幻里，用手悄悄摸一把高大的黑门，才确信是真的来到威斯敏斯特教堂里了。这是英国国教的教会堂，是国家和王室的大礼堂，是全英国老百姓天天公共礼拜祈祷的地方，她又是个国葬之地，几百前的名人坟墓都在寺中。我们是来看名人墓的，这里有王室诸陵，有功德于国家的人，发明蒸汽机的瓦特墓就在里面。这里是一个大社会，政治大舞台，葬着的都不是简单的人，活着的时候，呵呵，有的飞扬跋扈，是玩弄权术的高手，有的滴血成仁，是侠肝义胆的骑士，有的金石之声，是用他的思想照耀人类，有的震古烁今，是用生命去冒险证实人类的强悍。我寻觅，我要目睹心中的作家、诗人。

在寺的一角，我触摸到了耳熟能详的一个一个如同黄钟大吕的名字，莎士比亚、狄更斯、拜伦、哈代、萧伯纳、劳伦斯、夏洛蒂·勃朗特三姐妹、司各特，等等。星座照耀着我们。没有千年之隔，没有百年之生疏，文学与文学的清流在此时此刻交融，汇集在一起，湍急地泻下高山，蜿蜒于平川，浸润着葱翠的草原，唱着清朗、奔放、宽广的歌，一路豪气地奔向大海。

在这寂静的时间里，在这铺在地上寂静的并不显眼的被人任意踏踩的一方方小小的大理石墓志铭上，我才恍然发觉思想的伟大，精神的伟大，作家的伟大，寂静的伟大，时间的伟大。

丘吉尔也寂静地睡在里面，不过，他与那些作家保持着几步距离。他该是双重身份进的名人堂，写作对他来说，既是政治跳板，又是感情的安全阀。

身兼诺贝尔文学奖伟大作家的伟大政治家和战士从来是非常罕见的。这位二战中的英国首相在战后本应胸前缀满叮当作响的荣誉勋章，但大不列颠曲折的道路，大西洋的飓风，波罗的海的暴风骤雨，像影子一样潜伏在他脚下，等候着他自愿的来到，考验着他生气勃勃的生命。

他在大选中失去了首相的乌纱帽，五年后再次爬起来坐上首相的席位。他面前只有一个世界、太阳、星辰和旗帜俯瞰着世上的道路和目标。英国给了这位作家与政治家及战士最恒久的荣誉，进了名人堂，墓志铭大于其他作家，镶嵌在每天接迎太阳撒下灿然辉光的东门口。

在飞机上时我看见过一条河，像从天上飘落下去的一根蓝绸

银杏教会我们成长

带子，浪漫、柔和、宁静、祥和地淌过伦敦市中心，我心里立即呼唤，是泰晤士河。这应该是世界上著名城市里河上桥梁较多、历史文化最长、最有特色、最有故事的河流了。

河上一共十三座桥，滑铁卢桥、塔桥、千年桥、黑修士桥、坎农桥等，每座桥都有个性，有特色，别开生面，品位迥异。伦敦有名的教堂几乎散布在泰晤士河畔，她们给河流绣上了金灿灿的边子。我似乎站到了泰晤士河边，浪花溅湿着裤脚；我上了滑铁卢桥，轻轻拨弄开湿漉漉的雾，在一片混沌中找寻《魂断蓝桥》里的男女主人公甜蜜和凄楚的爱情故事，听见河里的涟漪同情而惋惜的哀叹声。

当我实实在在地站在泰晤士河边上，久久地看着流淌着的河水，欣赏着塔桥、滑铁卢桥、千年桥，思想感情的潮水奔腾起来了：泰晤士河，伦敦的母亲河，流走了英国多少个黑夜、阴霾、辛酸、苦难、委屈与屈辱、血与泪水，留下了这个国家、这座城市的多少阳光、鲜花、光荣、梦想、璀璨的文化和历史啊！

河流的历史，就是一部人类史。

我任凭泰晤士河上的风搔弄我的头发，扯拽我的衣服……

我们几人手中的相机睁大瞳孔，一眨不眨，尽力做到不溜过身边怦然心动的一缕阳光，一块婆娑的树影。

摄影颇有点专业艺术感觉的是道潜。我们的相机一秒钟内能拍上两个景致，道潜瞄上一个东西，瞄了又瞄，为了选好一个角度，背着一个沉沉的大黑包，常常跑出几十米外。我们在街上看人、看物，道潜却在看他的人的艺术。我们两脚累得走不动，在街边槐荫下的椅子上坐下，他还要在人群里、树丛里、街巷里跑着、拍着。

我跟着道潜学会了，他拍什么，我也悄悄地拍什么。

很多景致在我看起来是很入镜的，国会大厦、伦敦眼、白厅街、唐宁街十号首相官邸，还有鲜亮抢眼的皇家骑兵营，可在道潜眼前像一条无声无息的小河，一点浪花不翻就流过去了。

赵本夫小说写得好，一篇《天下无贼》闹得旅居海外的华人都记住他的姓名。他摄影技艺也不错。不过，他嫌照相不过瘾，带来了多功能的相机，能做摄影机。

兆言拍的照少，不喜欢趋于故意摆出的姿态。这与他创作小说的理念有否默契呢？

在伦敦第一天上午，我们两脚不停地走，究竟走了多少路，看一眼楼宇之间纵横交错的路就知道了。

午饭后，我们早早到了英国作家协会门口。翻译未到，我们坐在车上等她。

肯定是伦敦这座城市的刻意安排，让我们欣赏一下英国人高雅的绅士风度。一个身材修长的英国男人，头戴乳白色的礼帽，身穿一件乳白色的风衣，翩翩然走到我们车前。一阵风来，他头上的礼帽被揭了下来，像皮球一样在路边翻滚。他连追几步，拣起礼帽。他看见我们在看他，觉得丢了斯文，身子不自然起来。他走到我们敞开的车窗前，一边朝头上摁礼帽，一边用英国式的幽默，笑着解嘲说："难道这帽子中午要请我客吗？"说了这话，他觉得拣回了点脸面，兴步走去。

在伦敦的日子，道潜对各式各样、五颜六色的轿车产生了兴趣，相机不停地闪光起来。

　　伦敦最高建筑是中世纪的教堂，道路也不宽敞，树荫下的楼房沧桑得有历史感。路上的士，都是老爷车，鼓鼓囊囊，像青蛙，两里路收两便士。英国规定，司机每天总驾驶时间不得超过八小时，停车时保护环境，不能开空调。有三排门的豪华轿车，吸引很多人眼球，那大都是沙特、阿联酋的富豪开的。中东天气炎热，他们带着家眷到伦敦避暑。他们不在乎钱，流不尽的石油成了花之不竭的英镑、欧元、美元。街头上，常常出现一个穿戴华贵、体格粗壮、趾高气扬的中东富豪，后面尾随着五六个窈窕女人，脸上、身上被黑纱遮得严严实实。

　　路上，道潜打开车窗，让相机尽情地饱览伦敦轿车汇成的精彩世界。一个四十几岁的英国男人，见中国人拍照他轿车，忽然，一拨方向盘，车子卡住我们车子。我们懵了，他被道潜的拍照激怒了？他要求赔偿肖像权？我们忐忑不安。那英国人把脸伸出窗外，做出一副正襟危坐的样子，叽里呱啦说了几句话后，一拨方向盘，走了。翻译说：他怕没照好，让再照一次。又是英国人的幽默，虚惊一场。

　　在一条著名的商业街上，我们看到了戴安娜男朋友父亲开的大商店。他是中东的富豪。在这条街上，商店不在乎赚钱，要的是名气、地位、气质、品牌、形象。戴安娜男朋友父亲的商店像一只航空母舰，气势磅礴地行驶在伦敦商业界。他只有一个希冀，获得英国绿卡。但他漏税得罪了英国，戴安娜的光环也黯然失色，至今空幻一场。

人都认为自己真诚，不真诚也认为真诚。真诚是人格，没有人格，不是失去了做人的资质了吗？

伦敦四多：教堂多、咖啡屋多、博物馆多、雕塑多。英国的小镇各有特色。从飞机鸟瞰，在漫无边际的葱茏的麦地和草场之间，小镇像棋盘一样，整齐划一。

我们去了温莎镇、约克镇、格林尼治镇，又叫村。起初只以为伦敦有皇家卫队，到了温莎小镇，看见这里也有英武帅气的皇家卫队。上午，他们排着整齐的队列，穿街而过，个个头戴浅黑锃亮的熊皮帽，身穿红色礼服，前边是高大威武的骑兵，中间是鼓乐风采的仪仗队，后面是披坚执锐的卫队。

英国女王一周内必有几天要到温莎行宫。固若金汤、金碧炫目的女王小憩的温莎城堡，一派青色、大千气象的皇家迎宾大道，都是昨天的风云气派。今天，已经成为一种摆设，一种假象，一种缥幻的海市蜃楼。英国还是大度的，没有把天上的阳光和空气给王室完全遮挡、隔绝住，允许了他的存在和延续。女王用自己的家产养活着王宫、皇家骑兵营、卫队。女王的行宫失火了，玉碎金残，她励精图治，敞开行宫大门，出卖门票，换来英镑，重修行宫。

走下了权力的宝座，女王知道了百姓的善良和可爱；卸下了身上华丽的桂冠，女王知道了天和地原来离得这么近。看着火焰吞噬了行宫，女王知道了百姓的心酸和泪滴的咸涩，知道了乞丐流落街头的祈祷……

女王是国家的气度。

国家的气度，是高山，是泰晤士河，是英国文化。

银杏教会我们成长

　　女王的皇家骑兵营、卫队，每天上午和中午，都是军号激越、战鼓如潮，马蹄生烟，如虹的队列走过伦敦白厅街、温莎小镇，为国家添一道风采，出一分力量，让世界看到历史上的英国气派！

　　宁静是温莎小镇的色彩。宁静是悠远，悠远又是历史，历史上的英国第一个邮筒还站在温莎小镇的街边上。宁静让小镇上几乎没有汽车，即使有骑自行车的，也像蜻蜓一样轻俏……

　　格林尼治天文台村，是一个小镇。

　　皇家天文台在一座缓缓、翠绿如瀑的山坡上，从上面能眺望到伦敦金融街，现代化的大厦云蒸霞蔚，喷发出英国经济激动人心的霞光。

　　天文台是一座大阁楼，其中的一个小门上方，长方形的电子钟上的一串红色数字，不停地变化，闪示着世界上最标准的时间。钟下的一根细长的不锈钢，直直地穿过小广场，把一座山坡切成两瓣，一瓣属于地球的东半球，一瓣属于西半球。一双腿在不锈钢线上叉开，两脚就分别踩在了东半球和西半球上。

　　激动、自豪、荣誉流淌在小广场上每一个国家的人的脸上，不分国籍、不分肤色、不分大洲、不分男女，相互亲切地打招呼，帮着拍照留影。都是地球人，在一个时间，在一个太阳下，一块走到神圣、玄妙的格林尼治，是缘分，是天籁驱使。

　　站在不锈钢线上，把双臂像大鸟展翅一样伸展开来，仰起脸，望着深深的蓝蓝的天，望着悠悠的天使一般洁白的云朵，把心和意念与天空的蓝色和白云贴在一起，你依稀听到白云上如泉的歌声。时间在眼前停下来了，在心里停下来了，耳边静得听不到人语声、小鸟声、流水声，也没有金融街花花绿绿、飘飘荡荡的喧嚣声……

下山时，兆言发觉外衣不在了，沿着刚刚走过的地方寻找一遍，空手而归。我们刚刚天使般快乐的心情被抹上淡淡的忧绪，谁也不愿团队中的一个人心境不快活。

兆言坦然，说，丢了无所谓。

兆言的外衣在车上找到了，他一下子话语又多了起来。

到约克小镇上，天阴，飘洒着牛毛细雨，教堂、古老的商业街、城堡、槐树、打伞匆匆走路的人，都笼罩在森森的阴霾里。

约克的历史就是英国的历史。这是英王乔治六世说的。

约克教堂是英国最大的哥特式教堂，她山脉一样迤逦、巍峨、气派，使小镇不得不让出大半个天空让她舒服地呼吸空气，晒着阳光，抚摸着瞻仰、跪拜她的虔诚的人们。

小镇上浓厚的柳荫里，有一座八国联军纪念碑，台座四周是英国军人荷枪实弹的浮雕，在雨水中污渍点点，败花萋萋，苔痕累累。这是约克的历史？这是约克的荣耀？

约克大教堂播撒着善良、爱心、公正、和平，她是看着她本来的孩子们是怎样变成海盗、强盗、野兽的。

约克出海盗。约克大教堂对这一点心知洞明，然而，在海盗面前又能说什么呢，海盗永远有海盗没有人性的逻辑，像太阳看着一只丑陋的秃鹫，只能在心里诅咒，口上缄默无语。

我们去剑桥大学。我是先知道徐志摩的《再别康桥》，后才知道剑桥大学有一条康河，一座康桥。

时间颠倒着剑桥大学，康河没有了，但有了剑河，康桥不在了，却有了剑桥。其实，康河就是剑河，剑桥就是康桥。没错的。

剑河不宽，水清得发绿；剑桥不长，不宽，用橡木搭做的。下游稍微展开的河面上停摆着一只只木船，上游河面上挤满游弋的木船。我细细地抚摸、品味着徐志摩欣赏过的花儿一样姣好清香的康桥，想找到她的灵性，悟出徐志摩怎么就写出了不朽诗篇。寻找需要时间，悟性也需要慢慢咀嚼，可我只是一个匆匆的过客，时间不允许脚步在这里停留过长，不允许放下心聆听河面上拂来的晓风，不允许倾听星光下的流水声，不允许听上一阵儿教堂的晚钟声……

在剑桥上，我来回走了几趟，不能不走，桥上有徐志摩的脚印和温热，更有诗人的真诚和执着，还有他的爱情和诗歌。来剑桥，是冲着康桥和康河的，康桥只要还在，等于徐志摩活着，康河只要还流淌着，诗人美丽的爱情也一定还在绽放。我虽然写不出徐志摩雪花一样轻盈美丽的诗歌，吟诵不出诗人对月光一样依恋朦胧的情愫，但在康河的康桥上经历了一次，享受了一次，已足够了，世上又有多少人能够做到这样呢？

诗人是为爱情而诞生的。

在剑桥，诗人也许是为了能做一枚无名的鹅卵石而生。

剑桥大学三十多个学院，没有栅栏，像一个松散的小镇，有人家、有商店、有饭店、有咖啡屋，应有尽有。

剑桥大学的历史激动人心。

剑桥大学的三清学院名人代出。大门前，脚下的一条鹅卵石铺的小路，成为学院一位老者门卫每天祈祷的地方。老院长死了，院方在他临终前提出要把他的墓志铭做在学院内最醒目的地方，供人瞻仰，他没同意，只是要求能把学院门前的鹅卵石给他一小块。他把自己的姓名刻在学院门前最小的一块鹅卵石上。我们景行行止。

三清学院大门边上，有一块方方正正的绿地，里面有一棵苹果树，枝繁叶茂，苍翠欲滴。他们说，牛顿发现万有引力是在这棵树下。我怀疑，牛顿距今几百年了，苹果树怎么不见长，还这么小？忽地想起，曾在书上见过这一模一样的苹果树，牛顿坐在下面，看见苹果掉落，创造了一个新思维。

牛顿是剑桥大学的。

大学没有栅栏，学生思想少了缰绳，成了骏马，创造的灵光冲出地球，在宇宙之间电闪雷鸣。

车窗外的景物正让我们感怀时，车上的座椅发生了故障，坐在上面不舒适。司机修了几次，白费功夫。这时，文弱书生叶兆言成了关键先生，他要出手修理，试试身手。除赵本夫外，我们都不相信，只会写小说的叶兆言也会修座椅。赵本夫肯定地说："他能修好，做过钳工的。"我惊奇问："真的，做过钳工？"兆言用浓厚的南京话说："做过四年。我吃过苦的。"他朝司机要了一根粗铁丝，一把螺丝刀，手伸在座椅下，捣弄一阵儿，座椅就真的恢复了常态。我们惊异了，叶作家还有这一手绝技呀！

在来时的飞机上朝下看，尤其是外蒙古大草原，北风烈，高山与草原简直成了荒漠与废墟。相比之下，英格兰与苏格兰广博的麦地和草场绿色丛深，滚滚滔滔，连绵起伏，一望无垠。上苍不公平，切割土地时，怎么能分荒瘦和肥胖呢？

海洋给了英国一个温润的阔叶带的气候，北大西洋给了这个

银杏教会我们成长

岛国得天独厚的条件，多雨雾，冬无严寒，河上少见结冰，夏天酷暑，空调用的很少，乡村的土地不用修渠，想水的时候，雨肯定下来，全国人口六千万，人不算多，地多，一年只种一次麦子，其他时间养着。

在一座山头上，一块大石头两面分别刻着英格兰和苏格兰，是界碑了。

进了苏格兰天有点冷。沿途上有穿花裙子的苏格兰男人，边走边在风中吹风笛。

大海一样波涛汹涌的草场，让我想起苏格兰人专利的高尔夫。掷石赶羊的泥块，原叫夫尔高，后叫高尔夫，成了竞技体育，成了苏格兰人一种高贵的身份，也成了地球上界定人的贵贱、品位、教养的定物。百姓的创造，在贵族手里就变成了利用。

爱丁堡是苏格兰的首府，面临大海，古城依山而筑，教堂、城堡、古建筑拥拥挤挤。你要是散步在深悠古旧晦暗的街巷、城堡、古建筑里，瞬间似乎就变成了一个中世纪的苏格兰人。你不想变也得变，不愿变也得跟着变，由不得你挣脱爱丁堡装满历史而太重太重的天空。

十三世纪光滑的鹅卵石路粘住了你的脚，跑不脱的。古城堡坚实的城墙压迫得你没有思想。被时间熏得陈旧残缺的雕塑神魄还在，发光的眼神勾住了你惊惶的心。有轨电车压着百年的铁轨摇摇晃晃、哇哇叫着，追着你。当代小丑扮着绅士、教父，站在一个角落里，木偶般一动不动，突然间伸出手，拍你一下肩膀，龇牙咧嘴地给你画一个十字……

山一样的历史，压得我心速变了，直不起腰来，喘不过气来。爱丁堡正在举行国际文化节，现代的交响乐、舞美灯光，还有西班牙的踢踏舞、肚脐舞，在厚重的历史云霭里是那么苍白、虚弱、微小、缥缈。

我不敢想，也不愿想黑夜中的爱丁堡的气息。

爱丁堡成为我眼眸里的一只蝙蝠。

赵本夫领教了爱丁堡这只像灰色蝙蝠所带来的惊骇。天亮前的黑暗里，他在宾馆前的路边散步、抽烟，暗淡的灯光下，忽然，像从地下冒出几个人，其中一个人迎着赵本夫过来。赵本夫疑是醉汉，怕惹不起，回身朝宾馆走。一个青年用蝙蝠般的身子堵住赵本夫，眼睛盯着他，伸出的一只手晃了晃。赵本夫放心了，这灰色的幽灵是来讨根烟的。他给了他两棵。

海那边是爱尔兰，借着现代空中交通工具，四十几分钟，我们就站到了首都都柏林的土地上。

爱尔兰精致、小巧，五百多万人。都柏林是个小城市，一百万人，一年四季日照时间仓促，楼房建得五、六层高，充分享受阳光。街道不宽敞，城市简单得像素描的线条一样清晰明朗。这里雨水比伦敦多，我们来了三天，天天都是一阵晴、一阵阴、一阵雨，这里的雨来得快，走得也快。我们邂逅了，有一天下了六场雨。我们晴天出门也要带上伞。

我们来这个岛国，是看文学的，这里小说的生命像周围的天然植物一样见阳光就长，就蔓延，见雨水就抽芽、结蕾、开花。

叶芝是这里的人，写诗，拿了诺贝尔文学奖。

萧伯纳是这里的人，拿了诺贝尔文学奖。

乔伊斯是这里的人，又拿了一个诺贝尔奖。乔伊斯这个天生营养不足的瘦小老头，头脑里怎么稀奇古怪的，他小时的都柏林没有告诉过他的事，他全写了，变成了文学的天书，瑞典皇家文学院不知真看懂假看懂，还是半糊涂，或许出于什么其他念头，给了他一个奖。

他的祖国一直不喜欢他，站在当权者的对立面谁喜欢？现在的当权者用双手托举起他的金身，国家给了他的纪念馆，让都柏林广场、街上、公园里都有他挂着文明杖的形象。

乔伊斯是世界的。他是个天才。当权者也是天才，拿着乔伊斯这个人和《尤里西斯》在世界上招揽人。

赵本夫对这个国家有自己的印象，他说：华侨够意思。初来乍到，赵本夫在中国人开的酒店里想抽烟，老板说："能抽，尽管抽。"中国人绝对有办法，放下卷帘门，关上玻璃门，打烊了，警察在外面什么也不知道。

偏僻一隅的岛国也在思考中国的问题。中国确实崛起了。

陪同我们的李女士是华侨，哈尔滨人，到爱尔兰十年了，嫁给了一个爱尔兰人。她先生温文尔雅，明亮的眼睛告诉我们，他是一个深沉而善于思索的人。

他俩请我们在酒店里吃饭。我们是中餐，她先生是西餐。李女士赞扬说，先生是从事计算机工作，但现在正在写一本哲学的书，探讨人的问题。李女士充当丈夫的翻译，他说：他在思考中国社会主义问题，在金融危机的漩涡里，资本主义国家岌岌可危，而中国稳健高速发展，说明什么，社会主义有比资本主义好的优越性。

中国人在都柏林，像在中国一样，享受别人给的亲热。爱尔兰只要人多的地方，就有中国人开的饭店。

爱尔兰人在湖光山色、绿荫环抱的一个山庄，为我们准备了下榻的地方。

叶兆言欣欣然了，走进宽敞的房间，发现没有电热壶，他背来的电热壶终于一下派上了用场，总算没有白白带着它辛苦一场。

刚刚对爱尔兰有点了解，我们就要结束访问。

一场小雨后，空气清新。我们在爱尔兰最后的一个傍晚，一行五人在门前草坪上的一张小圆桌前坐下，没有人讲话，静静地享受爱尔兰习习的晚风。

夜的黑色在山的林梢上编织着，只要轻轻一抖落，掉下来，天就黑了。静寂凝结了时间，暮色里，湖水平静得如梦，一群奶牛在草地上吃草，远方的山脉一抹黛色。静寂在林梢上慢慢地编织夜的黑纱，编的多了、厚了，它给不远的树林扔上一层黑纱，又给我们眼前的湖水和我们扔上一层黑纱。天黑下来了。

赵本夫拿出刚从附近小商店里买来的一盏中世纪的黑铁皮小灯罩，让漂亮的爱尔兰小姐给里面点亮火烛，放在小圆桌上，摇曳的火苗微微照着我们，照着我们的思想在爱尔兰的文学天空里和寂静的夜色里流淌……

凝重与致敬

凝重，是从"5·12"汶川大地震这个特殊的日子开始的，随着我与省作家协会赴四川灾区采风团的一路采访愈加凝重起来。

凝重，从南京碌口机场开始加重起来。候机大厅里一反往日的热闹，乘客稀少，显得空旷、安静，也许是汶川大地震使想旅行的人不愿出门了。乘客们很少说笑，一脸宁静，静里有些肃穆，人与人都像有一种契约，用宁静哀悼汶川大地震的死难同胞，向苦难的灾民致敬。

四号登机口是往成都的。万万没有想到，我们在这里感受到了汶川大地震。登机口只有三四十人，大都是江苏、安徽去四川救灾的人。只有一个四川人，是女的，三十几岁，眼睛水灵明亮。当她听说我们是江苏作家，去灾区采访写报告文学的，立即从座位上站起来，给我们深深地鞠了一个躬，感激地说："我们四川人感谢江苏人，你们帮我们大忙了。灾区最忙最实干的是江苏人，四川人信任、喜欢江苏人，最艰难的事情都让你们干了。"这让我一下子感受到了大地震这只黑色的蝙蝠扇动着的冰凉、冷漠、死亡的翅膀，拍碎了汶川高山峻岭，拍断了汶川激流奔腾的岷江，拍垮了千千万万间房屋，拍裂了刚挺的公路，感受到了坍塌的瓦砾中男女老少在生与死中眼睛里露出的惶恐、绝望和颤栗的呼声……

飞机延迟了起飞时间，因为汶川大地震，四川航线异常繁忙，实行航空管制。

南京到成都近一千七百公里航程，要飞越安徽、江西、湖北、重庆，可谓山重水复，路途迢迢。但在大地震面前能算什么，弹指一挥间，咫尺之地，"5·12"那天，汶水到南京的震波仅仅是两分钟，就扩散到了，让六朝古都激凌了一下，高楼大厦上的人纷纷跑到马路上，满脸惊惶。

到成都了。带着凝重，我四处张望打探，寻找想象中的这座西南大都市在大地震中的斑斑伤痕和废墟。机场大厅完好如初，街上秩序井然，不是路旁和高楼大厦上悬挂的林林总总的"众志成城，抗震救灾"的红色标语，还有穿梭往来的各省救灾载重卡车，我不会相信这儿刚刚历经过八点0级大地震的洗礼。

来接我们的是驻德阳的江苏省赴四川灾区前线指挥部的女同志小徐。德阳是我们江苏对口支援的重灾区。我想，德阳肯定被大地震损毁不轻，否则中央不会让经济实力强大的江苏省对口支援它的。

我来德阳之前，查阅了大量有关德阳的背景资料。德阳是四

银杏教会我们成长

川第二工业城市，中国重大技术装备制造业基地，拥有赫赫有名的中国第二重型机械集团、东方电机、东方汽轮机制造大型企业，还有剑南春、蓝剑集团。德阳位于四川成都平原东北，辖旌阳区、广汉市、什邡市、绵竹市、中江县、罗江县，人口三百八十二万。2007年，全市生产总值六百四十八点四亿元，农民人均纯收入四千五百四十元，城镇居民人均可支配收入一万一千五百八十五元。

德阳历史丰厚，人文灿烂，仅是一个广汉三星堆的青铜人像在世界上就享有至高无上的声誉。

德阳距成都五十八公里，距双流国际机场四十分钟车程。

这次大地震，德阳遭受惨重损失，学校校舍垮塌，一千八百多名学生被埋，从废墟中救出人数累计九千六百九十六人。在国内广泛传颂的教师谭千秋，张开双臂趴在课桌上，死死地护着四个学生，就是德阳市汉旺镇东汽中学的。

路上都是一辆接一辆的各省救灾的车队。我们的车只能走走停停。

小徐告诉我们，指挥部只有一辆车，太忙了，是专门从德阳市委借了一辆车子，能借到不容易的。我几乎难以相信，德阳重灾区还会有这样保持完好的商务车子。

小徐三十几岁，前年刚从南京空军部队的一家医院转业，在南京江宁开发区妇联工作。她是作为南京团市委组织的志愿者来灾区的。之前，我对志愿者这个概念虽熟悉，但不很了解，只是知道他们是一群热心公共事业、爱做好事、有一定道德修养的人。

南京团市委组织赴灾区的志愿者，报名人有两千。小徐和她在公安局的丈夫都报名了。小徐连闯数关，进入了候选的二百人中，又跨入了仅有的十八个名额的志愿者行列。她丈夫落选了，但坚决支持小徐当志愿者。

小徐把几岁的孩子放在母亲身边。要出发时，丈夫说要送给她一只小老鼠预防地震，让她多注意小老鼠的行动神态。它灵敏，没事时，安安静静吃食、睡觉；若预感有地震，会烦躁不安，头脑拼命撞击笼子。小徐笑了，没有带上小老鼠，不过心里清楚，丈夫是爱她、关心她，是提醒她在余震不断的灾区学会保护自己。在五月二十四日发生余震后，丈夫在第一时间给小徐打电话，关心而嗔怪地说："没事吧？我让你带只小老鼠去你不带。"

该怎样理解志愿者呢？小徐，还有活跃在灾区前线的志愿者的情怀，岂是我们能用三言两语理解透的？她们甘冒风险、甘愿吃苦、甘愿睡在帐篷里，在五月的大热天里，每天汗流浃背，一连五天不能洗一次澡。她们是崭新的一代中国年轻人，在坚韧和顽强中体现人生价值。

说是从机场到德阳只需四十分钟，我们实实在在走了一个半小时。到了德阳，卸下行囊，我们迫不及待地走进德阳市体育馆，采访灾民。体育馆办公室成为德阳市抗震救灾指挥部和体育中心灾民救助站不是简单随意敲定的，有一段刻骨铭心的故事。

"5·12"大地震后，汉旺东汽中学校舍塌了，学生被压在瓦砾中，老师和校长也被压在瓦砾中。校长和几位老师从瓦砾中挣扎出来，投入到寻找挖掘学生中去。最后，校长带着百十个学生、老师和几十个灾民，惊恐不安、跌跌跄跄地朝七十公里外的德阳市区

银杏教会我们成长

跑，一直这样懵懵懂懂地跑，固执地相信，城市里不会有事，不会有地震，会安全的。

他们朝体育馆跑，心想，只有偌大的体育馆才能容得下他们一群人。天黑了，近十二点，他和他的学生们跑到了体育馆办公室门前，校长自报家门，气喘吁吁地说："学校全毁了，学生老师全砸在楼里了。"李夏馆长见校长褴褛的衣服上血迹斑斑，立即意识到下午的地震是罕见的，他们是地震中的幸存者。

在德阳还没有大面积采取启动救助灾民措施的时候，李馆长拉开了条件较好、比较安全的训练馆大门，把从汉旺跑出来的惊魂未定的学生、老师和灾民安置下来，给他们筹集睡的盖的，烧水喝茶，煮饭做菜。

下午，五点钟的时候，在训练馆大门口，我们见到了汉旺东汽中学的校长，他穿着白色的衬衫，正和几位老师围坐在一起吃饭。我们要采访他，他不愿意说话。我看出，他脸上的木然，眼里的茫然，似乎远远没有走出那场噩梦。

训练馆地面是木地板，偌大的空间里铺有几百个床垫，灾民们有的哄孩子吃饭，有的睡觉，有的看电视，有的呆呆地坐着。学生们挺活跃的，当起了志愿者，坐在训练馆门口，热情主动给大家分送食品、矿泉水、牙膏、香皂等生活和学习用品。正是吃饭时，训练馆门口最热闹，稀饭随便盛装，馒头随便拿，一荤一素，一群一群的灾民们吃得津津有味。刚刚还在给大家分送生活用品的学生，饭后抱着篮球到体育场去了。

李馆长忧心忡忡地对我们说："这群学生还天真呀，他们与父母兄妹失去联系了,是死是活还不知道,他们好像不知道愁似的。现在有同学在一起玩,聚在一起热闹时忘记了一切,将来怎么办……"

看着中学生们高大的背影,他们俨然像成人一样,只有面对他们时,才能从他们脸上和眼里看出稚气。我对李馆长说,他们什么都懂,只是不肯流露自己的感情,不愿别人怜悯和为他们去担心。我从他们眼里已看出,为还没有找到亲人而笼罩着的深深的忧郁与不安。

夕阳红了。我们准备回下榻的地方。在体育馆灾民救助站门前,我们遇见一群志愿者,正围着德阳市红十字会的人恳求分配任务。

志愿者不是好当的,来灾区援助的人越来越多,没有组织的志愿者一般很难有发挥作用的地方。

这几个志愿者,来自深圳,有男的女的,年龄在二十几岁和三十几岁之间,不修边幅,背着行囊,满脸劳顿,看出已在外面有些日子了。一打听,果不其然,大地震后的第二天就出来了,先在成都火车站帮运货,后在货运公司当装卸搬运工。

他们要求很低,只要能为灾民做事,什么都行。红十字的一个女同志说,现在灾区特别需要到农村帮农民收麦子的人。志愿者异口同声说:"我们去。"红十字会的人说:"我们条件有限,其他帮不了你们,什么全靠你们自己。"志愿者们情绪高昂地说:"只要为灾区做事就行。"

披着夕阳残红的余晖,志愿者们朝远处去了。我用钦佩的目光向他们致敬：这可是一群城市里的骆驼，甘愿在寂寞中跋涉。他们今晚肯定是要在睡袋里度过了。

我们住的地方在龙湾北路，一个叫国锽的宾馆。这与我的愿望相差太远，来地震灾区，住帐篷才是正常、合乎逻辑的。进了宾馆，我才真正理解指挥部的一片苦心。

这是一幢危楼，它也没有逃脱大地震的颠簸，上上下下到处都是清晰可见的横七竖八的深深裂纹。

我们三个人住一间房，打地铺，据说，这是照顾我们安静写文章，其他房间都是睡六个人。我们房间顶墙上的一大块石灰在地震中剥落下来了，我床头前裂纹像地图上的线条一样粗粗细细、密密麻麻，看了心悸。

指挥部租了这栋楼，是要让在前线辛劳几天的援助人员能轮流回来洗个澡，睡一夜安稳觉，吃一顿热汤热饭。我感觉到，我们江苏的领导，很人性化，体贴普通人。

夜色弥漫时，冲在红北镇、汉旺镇、九龙镇等前线的同志们坐着一辆辆救护车风尘仆仆回来了。看见国锽宾馆的灯光，他们激情澎湃。我顿时感觉到这座宾馆散发出家一般暖和的气息。

德阳的第一夜，是温馨的，也是凝重的、惊心的。我第一次真正亲历地震，准确说是余震，两小时内几次余震。我坐在地铺上正看采访资料，床就摇摆了一下，接着，又摇摆了一下。外面有人喊："地震啦！地震啦！"走廊里是杂沓的脚步声，有人朝外跑，我也心惶意乱地朝外跑。院子里站满了人，都在议论这余震发生在哪里，震级多少。

德阳人用了不起的目光看待我们,说:"你们江苏人胆子大,不简单,敢在楼里睡觉。我们德阳人是不敢睡屋里的,都睡帐篷里。"

在外面待上一阵,估计不再有余震了,院子里的人又回到楼上。余震故意作弄人似的,没待我们坐下来,又震起来。我们又是一阵紧张、急促地奔跑。

这一夜惊心动魄,而刚从前线回来的人没有一个下楼的,他们太累太累了,睡得很沉很沉。第二早,当他们听说昨晚连续余震,个个感到诧异,说一点不知道。

到德阳第一天,我的日记写下了:凝重与致敬。

向汉旺的钟楼肃然起敬

到四川德阳第二天上午,我们江苏省作协赴四川重震灾区采访的六个人,兵分六路,奔赴重震灾区。

我租了一辆的士,赶赴汉旺镇。"5·12"大地震中,处在断裂带上的汉旺小镇被恣意蹂躏、肢解,山塌了,楼碎了,桥垮了,一大堆一大堆残缺又嶙峋的钢筋混凝土上,挂着五颜六色的衣物,冰箱、摩托车……

著名的东汽轮机厂在汉旺。

看出汉旺曾是一座繁华富庶的小镇,街道上排列的鲜花还正在盛开……

汉旺的群众大都转移安置走了,来往忙碌的人群都是来自全国各地的救灾者。

五月应该是蓝天白云,柳青花红,河水清澄,欢歌笑语,可在汉旺废墟上却是沉重和悲哀……

汉旺鲜花簇拥的钟楼在大地摇撼中依然矗立，时针永远定格在十四点二十八分上，让人不能忘记不堪回首、地动山摇的一瞬间。

人们向钟楼肃然起敬。

这时，钟楼俨然成为一个不屈的人。

我是在汉旺钟楼附近邂逅赴绵竹灾区救援的连云港两个人，罗军勇和王学明。他们是来瞻仰钟楼的。

他们带着对钟楼的敬意和凝重回到连云港救灾先遣队驻地的。

不屈的钟楼给了人们许多启示。

不屈的钟楼在今后几个月的炎热酷暑、风风雨雨里，让罗军勇和王学明，还有许许多多在重灾区的连云港人，夜以继日地投身到为灾区群众抢建板房的工作中去。

不是亲眼所见，真是难以置信。

五月二十四日，是连云港这座海滨城市与在绵竹连云港救灾大队的一个不眠之夜。

距离相隔千里，共同的关注近在咫尺。

连云港建设局成为赴绵竹的连云港救灾大队的总指挥部。

在绵竹的连云港市建设局副局长王学明是救灾大队队长，连云港市建筑工程总公司党委副书记罗军勇是书记，他们心急如焚赶到设在绵竹的省建设厅指挥部开会。一场声势浩大、十万火急的建设活动板房的大幕即将拉开，工程的基本情况、组织机构，方方面面的事情，省里今晚敲定，每个市救灾大队今晚都要敲定。

绵竹的会议室里灯光一直亮到晚上十点钟。

银杏教会我们成长

坐落在连云港市新浦区南极北路的市建设局三楼会议室里的灯火，从晚上六点钟一直亮到十点钟，等着在绵竹的省指挥部的消息，等着王学明和罗军勇的声音。

住在绵竹帐篷里被蚊子叮咬着的王学明和罗军勇，夜里十点钟还没有吃上饭，依据省指挥部的会议精神，两个人伏在一起，紧张地做着大队方案。他们知道，此时此刻，连云港那边正焦急地等着他们的方案。

连云港建设局局长张林海和他的一班人十点钟也没有吃上饭，他们怎么能吃下饭呢，千里之外的前线上的王学明和罗军勇，在艰苦的环境里正夜以继日地工作，还没有来得及吃饭，他们饥肠辘辘地等着他们。同甘苦，共命运，这是兄弟情义，这是战友感情，这是对灾区的一颗热心！

王学明给家里的张林海局长传递方案了，他两手敏捷地叩着键盘，发出清晰的嗒嗒声响。他的打字速度够快了，可仍嫌太慢。他对罗军勇说，张局长他们肯定等急了。

方案厚厚的一摞，七八千字。

罗军勇说："用电话说吧？"

王学明说："用电话汇报。"

一千七百多公里的路程，在连云港与绵竹之间，方案不断地传来传去。

张林海最后敲定方案的时候，已是第二天的凌晨。

连云港人在绵竹五月炎热的天气里奉献着，他们集体住在一个一个帐篷里，晴天一身汗，雨天一身泥。一天半夜，大雨滂沱，雨水灌进帐篷,他们的鞋子全漂在水面上了。

连云港人以工程的质量,速度,赢得了四川人的尊敬。

连云港的蔚蓝色在绵竹铿锵有声。

汉旺镇钟楼上的指针依然指在十二点四十八上。仅仅一年,废墟上崛起了一幢幢漂亮的楼房,温热的炊烟在小镇上空缭绕。

钟楼,成为记忆,更是人类的抗衡、战胜自然的一种自信和力量。

银杏教会我们成长

白水茶

　　九岁之前，我喝的都是白开水，把它当成了茶水。那是二十世纪六十年代，破碎、难熬、捉襟见肘的日子，一分钱恨不得掰成两半用，让一般人家的孩子对茶这个字眼生疏远离。那真是奢侈品呀！家里来了客人，端上一碗或一杯热乎乎的白开水，已算是热忱待客了。

　　我家住在半山腰上，屋后有一口浅井，泉水终年不涸，清冽爽口。停泊在港口码头上的"战斗"号轮船上的船员，让这泉水名声大震。这些上海人，船一靠上码头，纷纷拎着桶、拿着瓶瓶罐罐，爬上山，在我家浅井里取水。他们说，喝我家的井水比喝一般的茶水过瘾，如果用这水泡碧螺春，那是满口生津、香气萦绕。什么是碧螺春，我一无所知，心想肯定是什么稀奇的东西。这话传到我家邻里耳朵里，浅井里的水一下变成了能治百病的"仙水"。

白开水是我的童年。

白开水是我童年的茶水。

我喝了十几年白开水，对它有情，也对它有怨。怎能不怨，似乎永远饿得填不饱的肚子，哪能经受住滔滔不绝的白开水一浪又一浪地冲刷？

感谢茶叶和茶水，这个时代来到时，我已十五六岁，我的容易饥饿的肚子不再常常饥寒交迫，让我身体不在虚弱，四肢有了硬邦邦的力量，像一个大小伙子了。

父亲让我知道这个世界上有几种树叶、几种野花，叫茶叶，泡出来的水不同于白开水，或绿色或黄色或咖啡色，或苦涩或甜味或淡香或无香无味。

父亲让我知道云台山上的树叶几乎都是茶叶，都能泡水喝，让我知道云台山是一个波浪起伏、一望无际、郁郁葱葱的大茶园。

父亲带着我走进云台山，在沟壑间、峭壁上，细心地采撷各种野果树的叶子和藤蔓上的花卉。父亲知道得多，一口气能说出几十种树叶和花卉的用途。他说，山榴红的叶子泡白开水，喝了，能降血压，治腹胀；金银花泡白开水，喝了，能耳聪目明。

我们手中的篮子和塑料袋里装满了树叶子和花卉。回到家中，父亲把树叶子和花卉放在笼子里蒸出来，摊在阳光下晒干，用开水泡出来，喝了，树叶子有点苦有点涩，花卉有点甜有点酸，再慢慢咂一咂嘴，舌尖上有一丝醇的香味。

我们家来了客人都用树叶子和花卉来泡茶，客人喝了，脸上都笑，称，真行呀，难得能想起这法子泡茶。他们一离开我家，嘴里往往会朝外连连"呸、呸"吐几下,手也会连连地揩擦留有一星苦涩味的嘴唇。

我只喝过一次树叶子泡的茶水,且仅仅喝了一口,在舌头上滚了一下,苦涩得舌头忍不住立时把它喷出来,再也没有喝过。

树叶、花卉茶全让父亲喝了,他不仅喝,还把泡过的茶叶一瓣不少的有滋有味地吃了。

我有几个朋友,喝茶是见了工夫,一日不可无茶,一顿不可无茶,喝了云雾茶、毛尖,嫌淡,又喝碧螺春,又觉浓香不够用,又喝苦涩并重、回味有故事的普洱茶。有时,我跟着沾光也喝,可没有像他们一样被润得醉了、熏得飘起来了。

我依故喝白开水,一天三顿地喝,不厌其烦。

白开水是我的茶。

喝白开水和喝茶都是在喝一种心境。白开水看起来是无色无味,如果有心有意想到了,它便会有色有味,有灵有性。像一幅国画,画面上让人人揣摩、咀嚼、回味的地方,常常不是山水,而是留有的一片空白处。无画胜有画,无声胜有声。喝白开水和喝茶都一样,是让人心能平和的清澈有力量,能看到如洗的蓝天上有一朵白云在无拘无束地漫走,能看到无边的蔚蓝色上有一朵白浪花衬托着大海的博大,能听到山泉水轻轻松松地流动声而想到山的巍峨与厚重。

能达到茶的境界不容易,能达到白开水的境界更不容易。

紫金文库

读书二十二味

山最高，不会比书高。

读书是在学会爱人。

读书是长途远行，走的愈远，路愈近，心愈远。

诚实的人读书，看是不是守住诚实，丑恶的人读书，看是不是别人发现了丑恶。

书是一面镜子，它的面前，假的灵魂真不了，真的灵魂假不了。

书是海上的航标灯，亮在人的心头。

书中有高山，不可逾越，有大海，不可抵达彼岸；书中也有太阳，给人光明和希望。

最小的书，比黄金贵重。

嫉妒的来源是读书少了，开阔的来源是读书多了。

书的阶梯，登得越高，看得越远，想得越远。

站在书上，会比山高。

书是思想的万能钥匙。

书是用来寻找黑暗中的光明。

打开一本书，撑起一把伞，遮雨挡风，送你回家。

爬山拿上一本书，虽有一点负荷，却带来千斤的力量和信心。

品位就是读书。

不着边际的夸夸其谈，不如看上一眼书架上的书，沉默是一种博大和厚重。

委屈了，读书使你豁然开朗。

离开书籍，靠近愚蠢。

赠人一本书，照亮一大片。

大海辽阔，走不出一本书中。

看不清自己的面孔，读了书，就会认识自己灵魂的样子。

母亲与女孩

坐火车出差旅行,无论漫游多远,登了多少高山、跨了多少江河,吃了多少辛苦,走了一年还是十年,最后还是要回到原先出发的地方。这是人生中一段的轮回。人生就是这样几十个、几百个行程轮回组成的。

别的地方已是呼啸的高铁时代,我生活的地方虽靠无限风光的海边,乘坐的还是蜗牛般爬行的直快列车。

在邳州火车站,车上进来一个少妇。她带着一个小女孩,隔着过道与我并肩而坐。小女孩约有三岁,长得像母亲,小长脸,大眼睛,一口洁白的牙齿。

我望着她时,她怯生生的,把脸躲到母亲怀里。我望她多了,她习惯了,不再认生了,眼睛也敢大胆地看我。小女孩脸蛋粉嫩,像煮熟后剥了壳的鸡蛋上一层细细的薄皮,手指似乎轻轻一碰就会破了。她与母亲说话,吐字不清,奶声奶气,飘逸着奶香味。她说话,我依稀听懂一些。小女孩的母亲全听懂了,听到了眼睛里。听到了心里,喜悦之情溢于言表。她疼爱得用手指轻轻地在小女孩的小鼻子上刮一下,搂过孩子,额头靠着额头。小女孩高兴得嘻嘻笑着。

小女孩拉扯着母亲一边的皮包。母亲心领神会,从包里掏出一个小塑料袋,她撕扯几下,没有打开袋子。她用牙齿咬撕几次,才打开袋口。她用纤细的手指从袋子里一个一个拿出葵花籽,用嘴慢慢地一个一个嗑开,拿出小小的籽仁,喂进小女孩的嘴里。

小女孩也懂事,也许吃饱了,把葵花籽仁塞进母亲嘴里。母亲满足地把自己的鼻子贴着小女孩的鼻子,亲昵地说:"吃好喽,吃好喽……"

母亲给小女孩的心里盖上了一座温暖的房子。

生命在亲情中轮回。人是这样,万物都是这样。

美国马达加斯加崇山峻岭中,有一种鲑鱼,又叫大马哈鱼,演绎了生命辉煌的史诗。它生长在大海里,每到秋季,成群结队,浩浩荡荡,溯河而上,到山中河流源头排卵生育后代。一路上走来,天空上成百上千的苍鹰围攻堵截,在跳跃几十米高的瀑布时,还要闯过饥肠辘辘的棕熊尖牙利齿。它们明知前面等待的是悬崖、是冷冰冰的死亡,还是扑打着尾翼,掀动着浪花,揣着梦想,不停地上前。它们排下卵和精子,身体变得彤红,生命就划上了结束的句号。刚刚诞生的一个个小生命,又尾随着前辈的生命轨迹扑向大海。

生命是这样的神奇，情感是这样的烫心。生命就是这样轮回不息。

也许小女孩长大不再记得母亲嗑出葵花籽仁给她吃，也许小鲑鱼长大不再记得母亲九死一生游上高山生下它，但这已并不重要了。生命的延续，已是最好的回报。

银杏教会我们成长

酒和人生

酒是性情的东西，你年龄小，它不允许喝或少喝，你年龄大，它让你喝上一点两眼精神，你烦心了，端上两盏，心里乌云顿散，你遇到高兴事情，尝上几口，让你聪明又愚蠢。

十几岁时，我喝了人生第一杯酒。奶奶七十寿辰，小姑爷让我敬奶奶一杯酒。酒是什么尤物，我浑然不晓，端起大酒杯，脖子一仰，喝得一干二净。酒是辣的还是咸的，我舌头上没有咂出细细的滋味，随着一股火辣、呛人的火流直晃晃地溜下了喉咙，嘴里一团热热的酸酸的东西想朝外倾泻，头晕乎乎的，身子飘飘浮浮，站不住，眼前的人成了影子，忽隐忽现。

我醉了。

知道了酒，也就知道了自己是谁，那才能喝酒。

酒和冷风、冷雨还有寂寥的深巷惺惺相惜，嘘寒问暖。

三十几岁时，我邂逅了酒。夏天的晚上，小雨飘飘洒洒，一个偏僻幽深的街巷，在昏暗的灯光下，潮湿的石板路上闪着幽光。我们四个朋友坐在古色古香的小阁楼上喝酒，四周几乎都是黑暗，我们像坐在孤独的海岛上，世界上仿佛只有我们四个人。

孤独是个好朋友，清静还清醒。

我们周围摆着几瓶白酒，还有数不过来的啤酒。我们卸下身上的衣服，只穿着汗衫，一杯接一杯地痛饮，向着不醉不休、畅快淋漓地猛喝着。

夜深人静，我们走在回家的路上，说说笑笑，踉踉跄跄，却没有醉。

我们是大人了，大人懂酒，酒也懂大人。

我是醉过酒的人。真想知道自己醉酒时百出的丑态。一次喝酒，并不多，却被醉倒了，朋友皆愕然，我也蹊跷，一个劲地问自己，怎么回事？

那是50岁。

人的年龄决定深度。

酒更有深度，哪怕一点一滴，也有深度。有的人喝酒最多，也许不会有深度，有的人喝酒最少，也会有深度。

深度是高度，是包容的雅量，是每天的微笑。

我是少了豁达的微笑，才醉的。

鸟儿一样飘飞的树叶

一夜之间，进入了深秋。

每天早上，我都在僻静的路上散步，一边是排列整齐的一棵棵不知名的树，另一边不远的地方是绵延着的高山，更近一点的地方是凹凸不平的土坡，上面长满高高矮矮、五颜六色的蒿草，最显眼的是一种长得很高，像芦苇一样的青草，开着一长串毛茸茸的白花。

寒流说来就来，把暖洋洋的天冻得像铁板一样冰凉的，土坡上各种各样的草木前几天得意扬扬、舒身展肢、精神抖擞的，现在冻得缩头缩脑、鸦雀无声。长得细细、高高的青草，开着毛茸茸的白花，经不起刺骨的寒风肆意地凌虐，紧紧地裹了起来。

寒流是一把剪刀，它剪碎了秋天，剪碎了草木。我想，寒流也剪碎了我温热的心。

冬天过去是春天，似乎只是一指之间的距离。可是，这一指之间的距离那么漫长。我看着路边一直通向远方的一棵棵树，心想，冬天就像这一棵棵树一样遥远……

冬天是草木的坟墓，岁月的冬天是人的坟墓。我感慨着，看着树上，有的树上残余着五六片枯叶，有的树上只摇曳着一片枯叶，还有的树上没有一片枯叶，只剩下空空的枝杈，像一只只枯瘦的臂膀伸向天空，似乎在追问，我的一身绿叶哪去了，快还我的爱……

我盼望着能看到有鸟儿站在树枝上，给寂寥的天空、寂寥的树上添加一点生命的颜色和希望的念想。可没有鸟儿飞来，它们飞到哪里去了，莫非也怕冷，讨厌难熬的冬天？

刮来一丝凉风，我下意识地把两手朝衣袋里深深地插了插。突然，不远处有一片叶子款款地飘来，像鸟儿，扑到我脸上。我想，天下有这么多的树叶，每天都在飘飘落落的，只有这一片叶子能够扑向我，亲热我，它是和我有缘的。我喜爱上这一片叶子，拿在手里，在鼻下嗅了嗅，闻到一股清冷的气息。

我认真看了看叶片，四个钝角，虽然经过寒风霜冻，四周有些发红发黄，但中央还泛着一层深深的青色，一条条细细的青黄色筋脉清晰可见，看出有些弹性。这片叶子没有死去，还有温热的生命……

我仰头看着树上，那一片、二片、三片叶子在枝杈上抖动着，它们都还活着，在寒风中燃烧着信念的火焰。既然有信念，就有生命，难道还怕寒流吗，还怕春天不来吗？

信念就是春天。

老街不老

有的脚印走过就没了,有的风景看过丢掉了记忆。

有的脚印走过成了路,有的风景看过有了记忆。

今天,李敬伟、汪能江、蔡宁、薛云生四位青年书法家从新浦民主路老街走过,他们的脚印注定要留下来。他们走过老街的"化古开新"——全国获奖书家四人精品展的脚印已经成了一条路,成了老街魅人的新风景,成了老街的新记忆。

"化古开新",一语双意,亦庄亦谐,亦雅亦趣,意味隽永。

百年老街修葺一新,青春焕发,时代华彩,生机盎然。

四位青年书法家墨海钩沉,推陈出新,弘扬个性,宣泄激情,特立独行。

老街不老,因为有年轻的面孔,有新文化的气息。

老街年轻,因为古老而有宁静,因为宁静而有激情、想象、思想。

老街不小，对于艺术是广阔的生产想象的空间。

老街老眼不花，在历史中发现传统。

老街让四位青年书法家心灵感动，在书法的无言无声中倾诉。

老街的名气

老街，名气在于一个"老"字。

老是历史文化，历史文化也是老。

在恒定的时间中，只有循环往复的不间歇的"滴滴答答"奔走的秒针，却找不到一个老字。老是新的开始，教你如何看到远方的自己；开始也就是老，教你如何找到自己。

常宗汉、王丕两位先生，在老街举办书法作品展，大有深意。

艺术越老越精粹，犹如古钟，缄默时带有佛学禅意，如水平静，保持一种气质、一种修养、一种境界，一种充满内涵的悠远。鸣响时声音雄浑响亮，尾音绵长，意象辽远，气象千万，悠扬于天宇之间。

书法也是这样。

人生旅途有太多的迷茫和彷徨，我们的灵魂需要不断领悟天籁之音般的哲理的启示和指引。宁静是一种领悟生命的境界。静以修身，俭以养德。非淡泊无以明志，非宁静无以致远。

宁静，离不开文化。在有文化氛围的宁静中才能享受宁静，才能真正意识到自己的独存，触摸到深藏的灵魂。

常宗汉、王丕两位先生用书法的水墨、心气，在老街上恣意行走，在老街的上空大气飞扬，他们让生命在老街年轻奔放起来，让书法艺术从这里出发……

银杏教会我们成长

苍老是一段年华

记忆中,那像是一条沧桑的小河。一条旧巷,岁月已洗净曾有的铅华,昔日热闹繁华的老街变得沉寂了。远处的记忆,是最丢不下的心和梦。今天,我回来了,回到了老街,回到了故园。徜徉在老街上,我怀疑看花眼了,竟不认识走过千遍万遍的老街。

这是熟悉的老街吗,这是生了我、养了我、每每想起来就饱含热泪的老街吗?眼前不同历史时期的一座座建筑,焕然一新。商业街古色古香,五彩缤纷,人来人往,还走着许多穿着民国服装的人,有卖花的姑娘,有擦皮鞋的老翁,还有民国时期的女学生,一派特有的市井繁华。老街变得像个新嫁娘,楚楚可人。

风华是一指流沙,苍老是一段年华。二十世纪二三十年代,老街叫大街,后来叫老大街,民国时定名中山路,1949年改叫民主路。老街,商业兴隆,文化鼎盛,车水马龙,老文化场所、老书场、老戏楼比肩接踵，被当时的人们称作苏北的"小上海"。改为民主路后，虽然不再风华正茂，可依然流露出当年笑傲苏北的俏峻风骨。历史老人的拐棍叩击着落满尘埃的老街。

近百年过去了，2013年6月，原新浦区委区政府启动了民主路特色街区改造工程，让老新浦最有历史文化的老街重获新生，用文化旅游、休闲旅居、商业服务和生活居住，做成港城标志性的传统老街和苏北重要的民国风貌街区。

文化是城市的个性，也是表情。没有文化的城市，只是建筑的躯壳。新的民主路老街保留了历史风貌，体现了时代特点，保留了一条街历史文化的延续和一个城市沧桑历史的精妙。

新建的建筑与历史建筑相协调，新旧建筑相互融合，交相辉映。老街上的建筑风格各异，自有特色。标志性建筑钟楼，中西结合，飞檐宝顶冠以孔雀蓝琉璃瓦，楼体洁白，塔身高耸。整个建筑造型别致、精巧、壮观，具有独特的民族风格。十八栋历史建筑，具有明清风格，重檐飞翘，斗拱交错。

这里既是历史文物建筑，又是反映老新浦风土人情、弘扬民族文化的博物馆。回望小巷，一幢幢灰白墙的老屋子，屋屋相连，灰白色的墙面斑斑驳驳，黑漆的门上吊着铜环，木质的窗棂，墙角上粘着一些墨绿的青苔，透出一种沧桑积淀后的黯然；小巷里阴暗又是潮湿，石子路，石板路，细细长长，弯弯曲曲，让我想到了江南的小巷，想起了戴望舒的《雨巷》。

小巷是历史留给现实的入口，是心灵的净地。老街商家的店招店牌都有地方特色，有木质的，有砖雕的，还有石刻的。老街的路面上，铺装着青石板、盘石，成为了老街的记忆。

我喜欢老街上的文化气味，喜欢这浓厚的文化气味在漫街上铺展，民国老物件展示馆、商业文化发展展示馆、历史文化展示馆、银行文化展示馆、茶文化展示馆、中药文化展示馆，洋洋大观，都在显示着文化的无穷无尽的魅力。

一家家商铺的名字，新颖别致，意境隽永，回味无穷。文房四宝延续着老街不衰的文脉。书法笔墨当随时代，艺术展览赏心悦目，国内老中青书法家在老街咸集，群贤毕至，翰墨飘香。剪纸艺术推陈出新，巧剪天工，延展着人们美好的想象。糖画，是用糖做成的画，造型生动、色彩鲜艳，十二生肖喊来就来，张飞、赵云、花鸟鱼虫、飞禽走兽，随着缕缕糖丝的飘洒，活灵活现地呈现在我面前。泥人按照"一印、二捏、三镶、四滚"的方法，把每个人物捏得惟妙惟肖、栩栩如生。国务院批准列入第一批国家级非物质文化遗产名录的海州五大宫调，历史悠久，积蕴颇厚，群众在老街上以自娱的形式演唱。

老街布满了古朴之风的店铺，布匹、布鞋、窗帘、茶叶、五金杂品，延续着商业血脉的承接，透露出二十世纪三十年代延绵至今的商业雄风气脉。

上海布庄卖布时尚，做的上海旗袍更是新潮，在苏北，上海布庄的旗袍排在第一位，面料好、工艺好、价格便宜、绣花钉珠好、服务员气质好。在老街市民的眼中，三和兴药店代表着可信的品质，历经百年，经营中药饮片、自制丸散膏丹还有中成药，货真价实、童叟无欺，深得人心，招牌屹立不倒。"生庆公"茶庄，绿茶、红茶、白茶各种茶叶应有尽有，品尝到中国百种茶的香型。馨祥酱园店内布局还是八十多年前老店的样子，老街市民都喜欢吃这里的酱油、醋、面酱、板浦香油，朝这里一站，仿佛又回到了童年，看见自己拎着瓶子打酱油的样子。

老街风景看不完。夜色降临了，正当我感到惋惜之时，老街徐徐地展开另一番动人心魄的夜景。五颜六色的灯火，把老街装扮得比白天还要亮丽，十八栋老建筑用线条勾勒灯光，轮廓分明，一眼看出街区的历史沧桑；其他的建筑都用彩灯装扮，各种各样霓虹灯有红的、紫的、暗红的、淡绿的、粉红的，五光十色，美轮美奂。走在街道上，抬头见灯，身旁是灯，脚下也是流动的灯彩，人们好像在灯的海洋里遨游，令人流连忘返。夜晚的老街有着千般风情、万种风光。

老街的晚上是美食的天堂。做客"新浦饭店"才知正宗淮扬菜的滋味；新开的火炉鱼饭店鲜味绕口。酒吧灯红酒绿，林林总总。街上小吃丰富多样，"老海边"煎饼、刨凉粉、蟹黄烧卖、萝卜丝饼、鸡鸭血汤、五仁馒头、水晶包子、豆腐脑，让人大饱口福。

夜阑人静，老街还在辉煌的灯火中为每一个晚归的人挑灯伴行。我任凭感情的清流在老街上恣意地流淌着，任凭思想的火花在老街上轻轻地飞扬……

一瞥之间

大丰梅花

苏北没有梅，或极少见。

听说盐城大丰有一处西郊梅园，梅花开得好，心头一热，就去赏了。

每年春天都要踏青赏花，去连云港石棚山赏桃花，到苏州西山、香雪海赏梨花，踏着武汉大学的春天赏樱花，乘着南京的早春赏梅花山的梅花。每年花开都不同，香味也不一样，赏的心情也大不一样，沉到心底的念想就更不一样了。

我喜欢梅花，也许是受了古代文人的熏染，那些遥远的诗人们几乎都写过梅花的诗。宋代诗人写梅花最多，欧阳修、苏东坡、陆游、李清照、王安石、范仲淹、辛弃疾都写了，他们似乎不沾上一瓣两瓣梅花、不闻上一丝一缕那香魂的气息，就不是诗人，没了灵气，写不出诗来。

银杏教会我们成长

宋代诗人的词写得好，是不是他们钟情梅花，写了梅花，因而词就呢喃得好呢？

梅花是被宋代诗人写出来的。宋代诗人把梅花的气、神、形、魂、骨都给写出来了。宋代是苦难的朝代，诗人也就是苦难的诗人，写出来的梅花也就透出苦难的西北风、不屈不挠的风骨和一袭清风。

大丰的梅花怎样呢？

大丰西郊梅园在一个叫大中镇的地方，平坦广阔，河流蜿蜒，梅树林林总总，高高低低，姿态万芳，在翘首相思之人。

我来的还是有些早了。虽然初春，寒气吹在身上不冷，看到的梅花，大都在枝头上似乎没有睡醒，一个个骨朵儿吐出一点颜色，还在睡着。少有几株梅树带来了一些惊喜，它们按捺不住急切的心情，微微地舒展开身子，向着春天甜笑。

赏梅花，要赏神、形和骨。我不喜欢赏梅花的色和香，别的花已有的风骚，再看，就是一个字，俗。

眼前的梅花一株株的，一个树枝上也会有星星簇簇的梅花，灿如朝霞，白似瑞雪，鼻子凑上去，嗅了嗅，淡淡的，有股清香，直灌肺腑。轻风拂来，枝头上的梅花激动地颠晃，为一天天暖和起来的春天手舞足蹈。

我总把梅花与严寒联想在一起，她有一种与众不同的清丽、沧桑、沉雄的大美。而风和日丽中的娇嫩的梅花，她年少得承受不起梅花的生命之重。

我想起了曾住过的家，后窗户下的一株蜡梅树。她也是梅花的一种。这株梅花，不高，也不繁茂，有点瘦弱，不过，树上结满了星星点点的花骨朵儿。寒风萧萧地吹着，雪花冷冷地飘着。蜡梅树没有一身绿叶庇护，依然伸出手一样的树枝，托着花骨朵儿，亭亭玉立。风摇着，想把她拽下来，雪花包裹着，想把她冻僵，她依然攥紧拳头一样结实的花骨朵儿，在想象着、在慢慢长着个子、在准备随时展示自己的青春力量。

一天，蜡梅树枝杆上结了一层薄薄的、亮亮的冰，一个个花骨朵儿也穿上了蝉翼一样薄的透明冰衣。我担心，花骨朵儿可能会被冻僵。一天过去，两天过去，只到冰融雪消，花骨朵儿不但没有冻僵，反而长得肥肥实实，绽露出了接迎春天到来的黄色粉瓣。

我心中的梅花模样就是这样。

当以为看不到了心中那样的梅花时，一声叹息还没有远去，我踏进了"沁香园"小院，一株开着零零星星花朵的老梅树蓦地跳入眼帘，眼前"嗖"的一亮。这梅树叫"宋梅"，生长在宋代，有八百年的生命了。

"宋梅"不一样，站在她的面前，她就变成了一座巍峨的大山，我只能仰望，肃然起敬。我沉默了，心静了，如清澈秋水。"宋梅"这位"老人"，不高，也不大，却很墩实，树皮漆黑而斑驳，枝干虬曲苍劲嶙峋，有一爿树干曾遭过雷电击打，枯枝却不死，顽强长出新枝，现出威武不屈的阳刚之美。

没有"宋梅"，难以叫西郊梅园。一万多株的梅花里，能有一株"宋梅"，西郊梅园独步中国还用怀疑吗？"宋梅"让大丰人敢说苏北有梅花了，敢在江苏叫响梅花了！

坐爱"宋梅"够了，如古人所说，赏梅"贵稀不贵密，贵老不贵嫩，贵瘦不贵肥，贵含不贵开"。看不到"宋梅"缤纷怒放的花朵，嗅不到欲醉欲迷的花香，能静心地赏着她，仿佛之中，就能看到北宋的开封大街小巷里开满的梅花，那香味像层出不穷的云雾弥漫着宫廷。

我穿越了八百年的时光，看到了张择端的《清明上河图》，米芾的书法跌宕跳跃的风姿、骏快飞扬的神气，苏东坡的曲赡高华、浑厚雄大的诗句，激起的一股股雪浪花……

"宋梅"与欧阳修、苏东坡、陆游、李清照、王安石生长在同一个朝代，那么，他们见过面、说过了话，他们也给她写过诗？也许，她就是欧阳修、苏东坡、陆游亲手栽下的，李清照、王安石给她浇过水……

看不见的高贵，才是高贵。

闻不到的香，才是心香。

坐爱"宋梅"，坐在云蒸霞蔚的梅花中，我浸身香海，身子香，眼睛香，说话香，举止香，心里香……

鸟儿不肯离开的山谷

一群鸟儿飞进宿城枫树湾时,我刚好也到了这里,满天的乌云终于憋不住,洒下了牛毛细雨。同行的朋友递上一把折叠伞,我连连晃头说:"不用,走进枫林就行了,树叶密密麻麻,不会淋上雨的。"

看这儿的枫叶第几次,记不清了。枫树湾是一条沿着山涧迤逦而上的山谷,涧两边全是枫树,长得如同钻天杨,高耸耸的。

见过北京香山、南京栖霞山、日本京都岚山的枫树,长得都是矮胖个子,人在一簇簇枫叶间慢慢地走,慢慢地看,随手可以拨开一簇枫叶,摘下一片叶子,衔在唇边,优雅地玩味。突然间,我发现,在宿城,枫树还可以长得这么高爽。

进了遮天盖地的枫林,雨就不见了,周围游人也不再打伞,大多数人都围在涧边看着流淌的水,少有几人还在仰视树上的枫叶。

涧中池塘里的水碧绿、碧清，一眼见底。几片红的黄的枫叶漂浮在水面上，给水平添了些许寒意。

不少人见了水，惊呼："呀，这么清的水！"弯下身子，用手拨弄水，洗洗脸，一脸开心笑容，好像脸上一下子漂亮了不少似的。可惜，阴雨天，一塘碧水发着乌亮，却看不见平时倒映在水里的蓝天白云、色彩缤纷的枫叶，算是白白痴守了醉人的枫林。枫林里潮漉漉的，枫树也是潮漉漉的，枫叶青一块、黄一块，还未透红，叶子上流着细细微微的清流，像少女眼中流出的委屈的泪水。枫树的枝干是潮湿的，石板路是潮湿的，灌木丛和脚下的枫叶都是潮湿的，连同我这个人浑身上下都有了潮湿的感觉。

我的心也湿了。

枫林里很静悄。刚刚看着飞来的一群鸟儿，不知落到哪儿，在干什么，不见踪影了。

一阵急促的小雨像风掠过，枫叶发出沙沙地响声，一片一片叶子如同醉酒般摇摇晃晃落下来。路上落着枫叶，叶片像受了委屈的孩子满脸不悦，四周一排排锯齿状的边子蜷曲着，一片片叶子厚叠叠地铺在路上，竟变得几乎全是红的了。

我疑心花了眼，揉了揉，再看，还是红色。看来，挂在树上不为秋，落在地上才算红叶。我从脚下开始欣赏初冬的枫叶。雨中凋谢的枫叶，落在地上，像铺上一层地毯，两脚踩上去，松软、柔和，不打滑。

我又怜惜起薄薄的枫叶，它们会在人的脚下，在风霜冰冻凌虐下，慢慢地碎成泥土，把一丁点儿残留的甜丝丝的生命气息，在小草、小树上再发出芽子……

枫叶不俏了,其他的树呀草呀水呀,可一点没有寂寞,纷纷争俏。一棵柿树,枝干落光叶子,像一只公鸡褪净了身上光华的羽毛,光秃秃的。想不到,柿树枝干上孤零零地挂着一个拳头般大的黄里透红的柿子,在寒风中得意地摇摆。冷冰冰的峭壁上,一条瀑布热情澎湃地喧腾着泻下来,让山谷里水雾弥漫,轰鸣不息……

登上一个山头,这时,雨歇息下来,高高的山上,飘动着一块一块灰白色的雨雾。居高临下,我回望刚刚走出来的一片蓊郁的枫林,那柿树和柿子,还有如白练般的瀑布隐匿得不见了。枫林却像雨后的彩虹,又如孔雀开屏,像被泼染上五彩颜色,有的如青苔般的鲜绿,有的如鹅蛋黄般的鲜黄,有的如玫瑰般的鲜红,斑斓缤纷,竞鲜斗艳,如同一幅绝美惊艳的油画……一群鸟儿在枫林上空飞来飞去,不肯离开。我动情地想,这肯定是我刚刚看到、寻找的鸟儿。这些精灵,也知道枫叶红了,燃烧得热烈,情感奔放,恋恋地不肯离去。

我迷醉了。

我明白过来,最好的风景,要从远处望,要在高处看,如同恋人,有些距离才会觉出美。

在高处看枫树湾的枫叶,它的美全都跳出来了。

江南之最

初秋，我到锦溪采风。

我没到过昆山的锦溪，更不知道八百年前宋孝宗的宠妃陈妃偏爱锦溪山水，恋不忍离，死后水葬于此，把一个好听的锦溪地名也改叫陈墓，直到1993年才恢复古名。我只以为锦溪与江南一些古镇水乡"古井风亭""金波玉浪"差不多，进了锦溪，眼弹睛落，只见石隙间、青苔边、瓦檐、藤萝、柳树下，水波粼粼，小河悠悠地流淌。桥梁更是星罗棋布，江南的桥好像全都在这里。以桥最多而闻名的乌镇、周庄也没有这么多的桥。当地民谣素有"三十六座桥，七十二只窑"的说法。我是刮目相看，相见恨晚。

我见过英国泰晤士河上的桥，那儿有很多桥，都有不浅的文化，在世界上名气可谓熏天，如伦敦塔桥、滑铁卢桥、千禧桥，等等。伦敦塔桥是伦敦的象征，滑铁卢桥则是英国浪漫主义风景画家、著名的水彩画家和版画家约瑟夫·玛罗德·威廉·透纳在1830—1835年间创作的油画作品《泰晤士河上的滑铁卢桥》。我曾喟叹，在国内所见到的桥的确是少了些许文化，美中不足。

锦溪的桥令我眼前发亮，精神一振。最先入眼的是里和桥。不是当地文联主席介绍，一座与一位将自己的灵魂与江南水乡融为一体的不朽画家就擦肩而过了。这画家是陈逸飞。昆山一位书法家在二十世纪八十年代的一个早晨，陪同陈逸飞来到锦溪写生，里和桥的景色抓住了画家，不能自已，灵感萦回，兴然挥毫。一幅油画诞生了，取名《古桥》，1985年被世界联合国协会设计后，以《晨》的名字，选为"国际邮票节"的首日封，在日内瓦发行。

浪漫化了的江南水乡，一种超凡脱俗的宁静，它让西方人看到了古朴、神秘、宁静的东方世界，一个与西方完全"不同"的、却为他们所能理解所能想象所能读解的"东方"。藏在深巷人不知的里和桥一下子出了大名，陈逸飞也随着声名大振。没想到，著名的水彩画家和版画家约瑟夫·玛罗德·威廉·透纳约与油画家陈逸飞的心走到了一起，不谋而合，前者用油画作品《泰晤士河上的滑铁卢桥》捧起伦敦滑铁卢桥，后者用油画作品《古桥》造就了一个江南水乡。

里和桥，也就是南塘桥，里和桥只是俗称。它始建于南宋建炎三年（公元1129年），清乾隆十二年重建。明代诗人高启的诗句曰："南塘桥下水泠泠，桥畔长堤柳色青。一勺清泉涵古井，十分凉思满风亭。春游坐顾添诗兴，晓汲闻烹唤酒醒。唯有村翁能领略，渔歌牧唱正堪听。"

银杏教会我们成长

　　我登上里和桥，仿佛也要让自己成为陈逸飞画中的一个风景。舒目张望，桥下流水悠悠，小船依呀，岸上人家尽枕河，杨柳飘拂，姑娘蹲在河边摆洗蔬菜。不时，游船穿桥而过，船上或三五个年轻伴侣，或一对老夫妻，由当地打扮得花枝招展的船娘掌橹，船娘哼着江南小调"好一朵茉莉花"，摇着船儿，沿着锦溪，穿过一个个桥洞。

　　我一连走过数座桥，记得有十眼桥，建于明代，有九柱十孔，故名十眼桥，犹似蛟龙卧波，是观湖赏月好地方。

　　节寿桥，明代崇祯三年里人捐资所建，清朝雍正年间，里人孙德明为母亲六十大寿重新修整，桥名"节寿"，长寿之意。

　　普庆桥，是石拱桥，俗称"俞家桥"，建于明朝永乐七年，清朝乾隆四十六年重修，桥孔水面上呈半个圆，水下面也是半个圆。

　　传说明朝开国皇帝朱元璋与军师刘伯温来到锦溪，刘伯温认为这里是龙穴之地，如果不破掉这里的风水，日后必定要出皇帝，与朱元璋争江山。为破龙穴风水，朱元璋下令在锦溪河的"龙颈"上建了这座石桥，以卡住龙的脖子。

　　桥柱有对联："两岸烟飞通海市，一溪浪涌接澄河。"还有众安桥，俗称"牌楼桥"、周公桥，俗称西街桥、虹木桥、天水桥，俗称"北观音桥"、丽泽桥、隆福桥，称"福寿桥"等等。

　　锦溪有"走三桥"的习俗。三桥为天水桥、丽泽桥、鸿福桥，成"品"字形架在交通河、锦溪河汇岔处。过去，镇上居民遇有嫁娶喜事，新郎新娘就要走三桥，喜气盈门。

　　因水而生，锦溪的水巷、河埠、拱桥、骑楼、廊坊、街市，宛若一幅撩人心魄的画卷,说她是"睡梦中的少女",不过分,赞她是"淡抹浓妆总相宜",也不过分,誉她是"江南之最",更不过分了。

流水悄逝,古桥依旧。一座座古桥织成了锦溪一幅江南水墨画。

荷花之上

东海县产水晶，其实，西双湖就是一块硕大的水晶。

每去县城牛山，只要有一点间隙，都去西双湖看看，哪怕站一下，瞥一眼，见到一点水气，心里就舒坦多了，会丢下许多如菊的念想。

8月，西双湖是一幅淡雅别致的国画，突出的主调是水。它的水真美，柔柔的，软软的，滑滑的，清澈、细腻，映着蓝天，水面瓦蓝。有时，我真怀疑自己的眼睛是不是看错了，这是水吗，这分明是天上的琼浆玉液。我小心地捧上一捧水，清清的，淡淡的，亮亮的，确是水。我又用舌尖舔了舔，呀，甜，甜丝丝的。

水面平静如镜，水下一草一木、一鱼一虾见得清楚。水下精彩尽在，布满生动的细节，一颗水泡是细节，一片腐败的草叶是细节，纯粹的透明也是细节，没有细节，不是水。水下的草草木木楚楚可人，枯萎的芦苇、树枝、树叶、树根，都用各自最美丽、生动的姿势，表现自己独立的存在。只剩枯枝败叶的荷花，虽然已经花容失色，可荷梗还硬硬朗朗，撑在清纯的水里，用傲然的气质延续自己的生命。

原来一个生命的衰败，可以迎来另一种生命的升华。湖水让败了的荷花换了一个美丽的活法。活着的青草在水里翠生生的，草叶不时晃晃悠悠，显示它还在生长着。鱼儿虾儿三五成群浅游，鱼儿轻轻摆动尾翼，虾儿快活地摇晃头上的细须。它们自由自在，忽上忽下，相互追逐嬉戏。水面上，一轮一轮的涟漪，不知是芦苇丛里凫出来的野鸭子用脚蹼扑起来，还是鸟雀贴着湖面斜飞用翅膀荡起来，在细细的慢慢地荡漾，轻轻地拥抱着岸边一根根稀稀拉拉的芦苇，瘦瘦长长的芦苇倒映在水面上，形影相吊，曲曲弯弯，像一条条游弋的小蛇。

正当我被眼前一湖美水迷醉时，不知不觉，坐着的小木船摇进了一望无际的荷花丛里。绿肥红瘦，荷花开得星星点点，不鲜活，败落的也多，藏在阔叶后，不肯露面。荷叶也是蔫不拉几，挺得不刚直，少了神采。我在荷花丛深处，挽起裤脚，脱下鞋子，赤脚走进荷花丛里，立时，密匝匝、宽阔的荷叶让我陷了下去，淹没了整个身子。

我恍然发现，周围的荷叶苍翠碧绿，这可能是在荷花丛深处的缘故。当我为白的荷花有些皱巴巴、凋萎而心冷时，让我心仪的荷花背影又出现了，淡红色的花儿正在吐放，拿出最后鲜丽的芳彩。

孤独的舞蹈风流，才显得与众不同的美丽。荷花有尺，有度，娇艳而不刻意,她清高、孤傲,但有谦卑、爱心。

人活着有点荷花的尺度,有点纯净的眼光,会轻松不少。

我采了几束莲蓬,扛着走到一边,剥开,捡起白净的莲籽,放进嘴里,顿觉一股清爽气息缭绕不止。

我的心宁静如水,头上罩着一张大大的如伞般的荷叶,眼睛细细地打量连天接地的这无穷无尽的碧绿,它竟和满湖的水融合在一起,一时间,分不清谁是荷叶、谁是湖水。我激动不已。是呵,难怪分不清谁是荷叶、谁是湖水,本来荷叶就是水中生、水里长,她是水做的,怎能分得清谁是水、谁是荷叶呢?

无边的碧绿,像飘浮的云,像缥缈的梦,像长长的诗行,像想不尽的憧憬。

绿叶的美,朦朦胧胧,是一种只可意会不可言传的私语。西双湖水是为荷叶、荷花、莲籽而准备的。荷花是西双湖水的灵气,她的风骨恰好是水的精魂。西双湖水既然润泽了荷花,那么,东海的冰雪聪明的水晶,又何尝不是这一泓美水孕育而生,还有东海出生的散文家朱自清与他的散文《荷塘月色》,又何尝不是这潺潺湖水的杰作⋯⋯

小船悠悠,我坐在荷叶丛里,心贴着湖水,仿佛整个人成了西双湖的一枚荷叶、一道涟漪⋯⋯

一半海水一半景

我坐着小渔船去连云港苏马湾。

早晨,飘洒起小雨。我们一行几人撑着雨伞,坐在渔船上,傍着蜿蜒的岸边,在渔船柴油机"嗒嗒"的轰鸣声中,潺潺向前。

雨丝亮亮的、轻轻的、柔柔的,像千千万万根精细的蚕丝从天上连到海上。海上没有一点儿风,可能全被密密麻麻的雨丝挡在了天外。海天间静静的,除去渔船上柴油机发出的动静和船头扑向海浪的哗哗声响外,其他的山、礁石、码头、航标灯、渔船仿佛都还睡在四月朦胧的春眠中。渔船在平滑、清澄的海面上走得又稳又快。海上看不到一只海鸥,它们也许怕雨水湿了翅膀,不再轻盈,躲到不远处的峭岩下,也许是海面上的鱼虾被小雨淋得难受,游到了海水深处,让它们对大海没了兴趣。

岛上的小路被雨水湿润得洁净、光滑,像一条什么长长的鱼游到了岛上，想回大海却回不去，弯弯曲曲、起起伏伏，无声无息地趴着睡。路上不见人，一座座人家的房屋也静寂无声。驾船"老大"四十几岁，穿着一身雨衣，古铜色的脸上洋溢着和蔼。他抹一把脸上淋满的雨水，说："雨天里，岛上的人没事做，不出门，推麻将打牌了。"

岛上的人生活多么怡闲、自如，这和自然中的万千生命一样，自然而和谐，应环境而生、应环境而舞、应环境而居、应环境而兴。

一只巨大的航道疏浚船从我们身边静静地擦过，这座钢铁的庞然大物带来一阵大风，激起层层叠叠的浪涌，把我们摇晃、颠簸得前倾后仰，挤成一团。我们一阵惊呼后，不顾丝丝缕缕的小雨，丢下伞，两手紧紧抓住船帮。这时，"老大"镇静自如，目视前方，紧握舵把，船头迎着浪涌而上，让渔船不在摇摆。

大海的无边无际的壮观带来了哲学意绪，奔流着的波涛绽出令人耳目一新的思想浪花。庞大并不一定就代表力量，弱小也并不一定就是要示弱，内心的强大才是真正的强大。

巨船过后，掀起滚滚滔滔的白浪，招来了一群群海鸥，朝气蓬勃，上下翻飞，争食着从海底翻卷起来的鱼虾，这成了一幅妙趣横生、浓淡雅宜的国画。

拐过"羊窝头"，就是苏马湾。雨丝中，那里的一泓海水、一片沙滩、一山翠绿色、全都凝动在静中……

几瓣花儿

今年春天来得早，正月刚过去，人们身上御寒的衣服还一件未少，盐河两岸的柳树就齐刷刷的新绿翻滚，五颜六色的花朵开得热闹非凡。可惜了，只是天还有着寒意，缺了因花儿而生的蜜蜂，让早春硬是少了些许生动活泼的颜色。

我在河边赏花，脚步轻轻地踩在嫩芽初出的小草上，尽力不发出声响，生怕惊扰春天、惊跑春天。

有朋友要带我去赣榆抗日山下踏青看花儿，说那儿是花的海洋、花的世界。我莞尔一笑，没说去，也没说不去，只是用手指朝脚下轻轻松松地点了点。朋友看明白了，笑着离去。

我有眼前这花儿已足够了，如果有太多的花儿、太多的浓香，我两眼、两个鼻孔怎能忙得过来，那不是太奢侈、浪费吗。

我有一枝花儿看了就已足够，不论是娇媚的，还是病弱的，不论是茂盛的，还是冷清的。其实，我有几个花瓣看了、赏了，放在鼻下嗅一嗅淡淡的清香就已经足够。

我可以把花瓣贴着脸上，让婴儿一样的小手柔软地摩挲，留下花香。我可以细细地看花瓣、赏花瓣、品花瓣，用心去享受花瓣。我能数出樱花雄蕊有十五根，有三十根，还有五十根，雌蕊只有一根。我能数出迎春花的六个花瓣里只有一根蕊，海棠花没开时是红色，开后慢慢变成了粉红色。

我知道，花中的俏皮精灵樱花，生命匆促。一朵樱花从开放到凋谢也就是七天，一棵樱树从开花到全部谢落就是十六天，短暂的灿烂，迎来的就是"壮烈"。

我还知道，百花当中迎春花开放最早，花后马上迎来百花齐放的春天。海棠花象征着苦恋，又叫断肠花，男女离别悲伤的花。一瓣清香中，我看到了百草千树遭受着冰雪、寒风的凌辱，她们拼死拼活的抗争，有一点阳光就紧紧地抓住，有一滴水就紧紧地含在嘴里，不舍下咽，润湿着心，等待着姗姗来迟的春天。还是在一瓣清香中，我听到了盐河上青年人操练龙舟的鼓声，那是催春的鼓声，是春天走来的脚步声，是花开的响声。几只龙舟上的青年们眼底里根本没有冰封、没有雪飘、没有寒风。上身穿着一件衬衫，有力地连续不断地划着木桨，在激越的鼓声中力争着上游。

水面上只有一声一声的鼓响，只有木桨划水的哗哗声音。青年们把肚子里想要说的话全部憋在两只臂膀上，憋在手中的桨上，憋在龙舟上，让如同锋利匕首的龙舟穿波踏浪，激起梨花一样洁白的浪花，冲在最前面。

一只龙舟头上坐着打鼓的是一个女孩子,手中的鼓槌像音乐指挥家手中的指挥棒,在半空中不停地优雅地画出一道道弧线,潇潇洒洒,英姿飒爽。女孩子穿着一件红衣服,不时飘扬的黑发上束着黄丝带。她像一株燃烧的樱花,又像是一棵在料峭寒风中开放的迎春花。难怪这只龙舟能划在前头,小伙子们这么卖力的划桨,他们是要在可人的女孩子面前表现一把,尽抖自己的雄姿和力量呀!

心里只要有花儿开,眼前即使还没有开放的花,在心底里也早已开放了;如果心里没有花儿开,眼前即使有了开放的花,在心底里也没有开放。

我有几瓣花儿,已拥有了千朵万朵、万树千树上的花儿,拥有了群芳绚烂的春天。

风雨钱塘江

这几天，杭州高温，闷热难耐。

忽闻，我们一行人要观钱塘江潮水，顿觉有丝丝凉意袭来，心静神爽。

农历八月十八钱塘江大潮，八月初六是小潮。我没见过钱塘江大潮，今天能遇到小潮也是十分幸运的事。天下人无数，能够看到钱塘江小潮的人也是少之又少。

下午，我们在六和塔附近观潮。潮水不等人，人须等潮水。说是潮水 4 点 34 分抵达六和塔附近，潮位 1 点 96 米。我们 4 点钟早早赶到江边。

江边一长排现代化的展览馆顶上有观潮的平台，隔着一层钢化玻璃，江水尽收眼底。江面雄阔，上游波浪熙熙攘攘地涌过钱塘江大桥，下游江水盈盈荡荡，连接着天际。

起风了，江面上不再平静，水乱了，像落满万万千千的雨珠，浪花点点。

　　天上有了成片的乌云，越来越沉，越来越低。乌云缝隙间金色的闪电不时地窜来窜去。

　　雨要下来了，轻轻地一声咳嗽仿佛也能惊吓下来一场倾盆大雨。

　　这时，远远的江面下游出现了一线潮水，暗暗的、冥无声息，朝上游一点一点地挪移过来。

　　闪电里，潮水像无数只大螃蟹，一字排开，嘴里喷吐着白沫，快速地爬过来。一只千吨重的船溯潮而过，高高的水墙托举着它，忽地又把它跌进潮里，它像一只蚂蚁任着潮水随心所欲地搓揉。

　　雨下来了，不大，星星点点的。周围人抱着头急急地躲避到一边的雨篷下。我没动弹。潮水一路呼啸百里扫过来与我这陌生人邂逅，岂能错过千载良机，我要看它怎样的如狮如豹、如雷如电的在我眼前狂傲、放荡不羁，我要用无声的敬意和激动的心向它敬礼。

　　雨，终于搂不住地倒泻下来。

　　风雨里，雷电里，潮水后浪赶前浪，孤意向上，没有喧闹、呐喊，低调的、默然地乘势奔腾。

　　我被大雨浇得像是落汤鸡，落荒逃遁了。周围人看着我，哄笑了。

　　天公捉弄人，我刚躲到遮雨篷下，雨收住了。早知这样，我干嘛躲避起来，应该与潮水在风雨中共舞。

　　风雨是苦难，往往也是高潮。

银杏教会我们成长

　　我看到了钱塘江潮水,但错过了风雨中的高潮,错失了人生中最华彩的一个瞬间。

　　钱塘江永远只有大潮。

梨花雪中

早上踏青赏花是一天中最好的光景,花儿不管是开着的还是没有开着的,浑身上下的露水还没有被太阳晒干,湿漉漉的,一叶一瓣,刚刚柔柔,劲劲抖抖的。我赶到灌云白蚬乡看梨花已是下午三点多钟,暖阳烘烘的,熏染着人,但劲头明显已过,阳气不足,虚弱弱的。

二十年前听人说起过白蚬的千亩梨园,三月下旬,梨花齐放,如雪如云,千朵万朵,无边无际,追着一条柏油马路起劲、热烈的飘舞着。

我没有见过世上还有这样浪漫、神奇的花海,白蚬的梨花开得满天满地的,简直疑是天地间飘起了雪花。梨花一簇簇的,压得树枝一弯一弯的。

我在梨花雪中漫步,清香裹满身上。我从来没有靠过梨花这么近，想好好地看看、好好地疼爱、好好地给她一次柔情。我听见了梨花细细絮语的声音，听到了梨花微微的呼吸声。

我轻轻地捧上一朵四月里的梨花，还是那瓣、那蕊，可已失去动人的颜色，更不见生龙活虎的踪影，只能依稀听见惨白的喘息声。

这时的梨花确实少了些许激情和热情，少了许多似乎岩浆喷射般地昂然的活力，不再是活蹦乱跳的少年，却滑落为了沉吟中的过了季节的女人，失去了炫目的光华。花瓣儿瘦了、绉了，苍白中有着病恹恹的淡黄色。花蕊倦怠，微微衰缩着，哀愁着、神伤着，叹息着。风一拂面，哭哭啼啼，又要沉入昏昏欲睡之中。

花儿在我温暖的手里似乎睡了，我只恐她真的睡去。我呶着嘴，用温温的气息吹拂她、氤氲她，想让她恢复生命的精神。梨花知人心哟，她有了一点精神后，马上软软地、笑盈盈地打量着我，弄得我倒像小姑娘有些羞涩不好意思了。

我在花香中轻轻地漫步，紧紧追赶梨花雪的身影。我脚下到处是树上落下来的花瓣，一不小心就会踩上。花瓣儿还有心跳，洁白的脸上有湿湿的泪水，她没有死，我的脚怎能随意地踏在生命的花瓣上。我不会走路了！

树林间忽地闪耀出一个留有乌黑长发的火红的身影。我留意看起来，是一个村姑，一身红衣服，头上裹着白方巾，素洁淡雅，在茫茫如雪的梨花中，鲜红醒目。

她舒缓地走过来，在我身边的一棵梨树前停下脚步，伫立在梨花前，一手端着一个小瓶子，一手拿着的一根细棒子，在瓶子里蘸一下，举起来，朝梨花蕊上轻轻地点一点。我好奇地问："你这是干什么？"

村姑落落大方，笑着说："给花授粉。"

我第一次见到人工授粉，又问："瓶子里是化学药品吗？"

村姑扬起眉毛，乐了："是花粉，把每年树上结果最多的花粉拈些下来，点到树上结果少的花上。"

我兴致勃勃地说："你们等于是做蜜蜂的事情了。"

村姑笑了笑，没有说什么，自顾忙着给花授粉。她与梨花洁白的真情相拥，与梨花洁白的真情漫舞。

我恍然发现，眼前的梨花没有死去，她怎么可能会死去呢？有村姑这样一个个"蜜蜂"，一个个春天的花的使者，梨花永远不会死去，生命的花灿烂不灭。

地上缤纷的落英，在我眼里和心里都活了起来，一朵朵、一瓣瓣，奔放又文静，率真又婉约，精致又含蓄，像白色的蝴蝶翩翩起舞，像轻盈的精灵飞舞着……

银杏教会我们成长

春天从哪里来的

正月春节还没到,隆冬的寒风冻得人缩手缩脚。我生怕春天一不小心就从眼前溜过去,每天上午在盐河边上散步,用眼睛细细地一点一点寻找春天的讯息。

春天从哪里来的?从轻灵的雪花飘逸过来,从融化的雪水淌来,从刚刚出土的小草滚来,从膨胀吐青的柳树芽儿溜来,还是从我们身上卸下来的笨重的棉衣里跳出来。想来想去,看来看去,我都苦苦一笑,晃了晃头。

宽广的盐河寂静无声,用水洗过般洁净的天空静寂无痕。柳树冻僵一样哀怨地微微摇晃着枝梢,像无数只细臂不停地招呼着。

春天,您怎么还不来啊!

高高的电杆上的鸟窝,经不起峻峭的寒风扯拽,残残缺缺,龇牙咧嘴。一只大鸟喙里衔着草枝不停地飞来飞去,修缮着爱窝。一笼笼灌木丛下，成了野鸭子的遮挡风寒的茅屋。这些成天浪击水上呱呱叫的家伙，此时，缩着翅膀，挤成一团，也不忘用扁扁的硬硬的长嘴巴叽叽喳喳，埋怨着严寒怎么这样漫长难熬。野鸭子是这样想的，我何尝不是这样想的，我们毕竟都是生活在一个天空下呀。

静是美，是内心温暖的愉悦，是一种遥远的心境。

心静了，也就在春天了。

盐河清凌凌的静，涟漪一波赶着一波，有的朝前扑去，一路扬起水花，尽显着浪漫；有的涌向岸边，撞上石头，显示着巨大的力量；有的被袅袅婷婷的水草所魅，献出全部热情，抱着拉着吻着水草，像只小鱼恋恋不舍地绕着转圈子。

盐河水面上有几只水鸟在闲闲地悠荡，让我心猛地揪了一下。它们不冷吗？我怕冷，怕寒冷的空气从微松的棉袄领子间钻进去，不由地下意识抬手紧了紧领子。

我在心里暗暗数了一下河面上的水鸟，不多不少，六只，大概是雄雌搭配好的。它们几乎是两只一伙，独立游荡着。它们拥有了天空下、沃野和盐河上的所有气息，在寒意闪闪的水面上激情地自由自在地舞蹈着、演绎着生命。

那鹌鹑般大小的弱小身体，展开翅膀后一下变大起来。它们的翅膀比身体大上一半。它们与水贴切在一起、融合在一起，与严冬、寒风、雪花融合在一起，真像是寒冬的魂魄、燃烧的火鸟、水上的精灵。

它们一会儿追逐着小鱼般的涟漪，一会儿嬉戏着碎银一样的涟漪，一会儿屁股一撅，扎入水下，一口气潜游到三四十米处。冒出水面后，翅膀优雅地一扇，抖落掉水珠，两只细腿轻轻一跳，站在涟漪上。翅膀连续拍打起如雪的水花，从它头上纷纷扬扬地落下来，沐浴着全身。

我在水鸟身上看到一种文化思绪和哲学意蕴，弱小与强悍、细微与广袤、清冷与烫热。我顿觉自己身上热了起来，一点不再寒冷，站在盐河大桥上，迎着寒风，目送渐远渐去的水鸟。

水鸟是严冬的性格，是冰水、寒风和春风结合的生命。

它叫醒了在寒冬里睡着了的春天。

水鸟消失了。我却满眼涛声，满眼春天。

郡岭庄园

天刚见亮色，我就睡不着了，想散散步，看看下榻的徐州铜山农家庄园是什么样子。

昨天晚上进庄园时，周围黑漆漆的，几乎看不清什么，就连庄园的名字也没有看清楚。进了宽敞、华贵的厅堂，辉煌的灯火又迷茫了眼睛，糊里糊涂进入房间，糊里糊涂睡了一夜大觉。

外面下雨了，零零星星的雨点落在脸上冰凉。庄园里大园套小园，小园不大，不深，景致井然有序，草木丛深，绿肥红瘦，山石峭奇，潭水发乌。雨点无声无息地飘洒在潭水里，涟漪四散，金色的小鱼钻在青青的浮萍下，睡着一样一动不动的。

我兴步走到大庄园里，看见迎着大门口的一块天然巨石上，在绚丽如盏的金银花丛里，镌刻着沈鹏先生题写的"郡岭庄园"四个大字。

银杏教会我们成长

雨点大些了,有的男女打起伞,消消闲闲地在绿阴下漫步,有的丢下眼前风景,疾步往回走。

我脸面仰天淡淡地笑了笑,故意任漫天的雨点落在脸上、淋在衣服上,觉得好爽,好给力。我有点小瞧那些逃遁的人,娇嫩得像纸做的花,一点小雨星落在头上、衣服上就慌不择路地逃跑,小雨星是能打破头、还是会让你马上感冒发烧?

我心里没有装着天上的小雨,眼前似乎也就没有了天上的小雨。我发现,不仅仅是我独自不打伞在小雨中漫步,还有几个人也不打伞在小雨中漫步,神态是悠然自得。

大庄园里有一个湖,不算大,准确说起来,是一个大一点的人工池塘。它是庄园的眼睛,整个亭台楼阁、草草木木、山山水水都紧紧围绕着它活起来。一小泓湖水,温润了数不清的名贵草本。

我沿着湖边小径轻轻地走着,悄悄地数着、看着草木,有时轻轻地摸一下叶子。花木向着湖水,毕恭毕敬,排列成序,合欢、蜡梅、珙桐、栀子花、木芙蓉、八仙花、迎春、叶牡丹、虞美人、紫薇……栀子花长得高大、茂盛,一树白花差点遮掩了绿叶,浓浓的香气四处飘荡。一块不大的石头上,竟长着一棵小树。我好奇地问过路人,这小树是从石头缝里长出来的?过路人说,能在小石头上长着就是神奇。我点点头,称是。八仙花,又称绣球花,大八仙花,花似圆球,大而美丽,初开的白色,渐变蓝色或粉红色。在树叶阴影下,黄绿的叶面上,光泽逼人。

不知不觉的,我绕着湖水漫游了一圈。草木森森,五彩缤纷,我两眼不够用了,眼神迷离,心里只觉得还没有看够、没有过足瘾。我没有理由不再一次去潜心漫游。

"扑通"一声,湖水里响起鱼的飞跃落水的声响。这清亮的声响,摄住了我的心神。看去,湖水中,这儿那儿,浪花绽放,鱼跃声起。一时,百鱼跃腾的欢乐图画展现在我眼前,令我喜出望外,心旌摇荡。

我似乎恍然大悟,鱼是刚刚从梦中睡醒,清晨含着露水的绿油油的草木在感染、激动着它们。不是吗,我刚刚从梦中睡醒,清晨的草木带来多少新奇、神往、快乐啊。

我仰脸朝天,让零星的雨点落在脸上,让树叶上的雨水滴在脸上。我心与绿叶融在了一起、与湖水融在了一起,我给草木、湖水、鱼儿微笑,它们也给了我许多许多的微笑……

岳麓山泉声

天色渐晚,我没有登上爱晚亭。她近在眼前,在我不远处的头顶上,抬手似乎就能摸到她。站在岳麓书院里的石板小路上,我看着暮色像墨水般一滴一滴、一片一片洇湿着周围茂盛的草木、层层叠叠的亭台楼阁,给我轻轻地披上夜的轻纱。

这些天,长沙城里忽大忽小地下着雨,暮色潮潮的,冷冷的,攥一把在手里竟能挤出了一些水来。我不想早早离开岳麓书院,很早就想来这里走走、看看、坐坐,站在古往今来数不清多少的重重叠叠的脚印上,小憩片刻,享受一下千年的书香气息。

眼前的亭台楼阁经不起时间的打磨、揉搓,苍老得发瘦、发小、发黑,几乎与墨色浑成了一个颜色,看不清了。

我渐渐融进了暮色。这时,应该是蝙蝠扇动翅膀蹁跹了,可偏偏不见一只黑色的幽灵,莫非这里只有一摞一摞的书,根本藏不住蝙蝠？千年了，从这里走出去多少个书生，又走进来多少个书生，他们读过的书卷摞起来，该有岳麓山峰高了吧。是的，没有这么多如山高的书，范仲淹即使最聪明最有才智，也绝不可能写出《岳阳楼记》这样举世无双的文章。

天黑下来了，天上没有星星，没有月亮。书院里的几盏路灯昏蒙蒙地亮着，像雨雾中的小灯笼，亮光抵挡不住古老、黝黑的建筑群的黑色的吞噬，微微弱弱、冷冷索索、颤颤抖抖。

黑夜是大寂静。白天的人流、嘈杂声、各式各样的花伞、花花绿绿的衣服消遁了，无影无踪，寂静完全成了白天的延伸。

过去的这里，白天一定像黑夜一样的寂静。没有黑夜的眼睛，怎能看见天上一颗、二颗、三颗的星星？怎能看到划破黑暗、稍纵即逝的流星？怎能看到炊烟袅袅、鸡犬啼吠的白天信步走来？怎能有戎马边疆、杯酒阳关、马嘶人泣的左宗棠走来？怎能有张栻、陶澍、贺长龄、魏源、曾国藩、蔡元培走来……

我还是惋惜黑夜来得太早，没有让我这个俗人踩着曾有多少书生走过时留下的脚印，走遍书院的大路小路，角角落落里，看看书院的身躯历经岁月爆凸起来的筋脉，看看支撑起岳麓山峰的骨骼，看看朱熹讲学时一手掀髯一手击节，热泪盈眶，看看风雨未及卷走的一个一个脚印……

寂静中，书院里传来细细的泉水声，声音初始微软、缥缈，越听声音越近、越大，淙淙汩汩，清亮悦耳。溪流凸显出黑夜的书院里死一般的静谧。循着泉声而去，我看见亭台楼阁、花草树木间，有一条条曲曲弯弯的小溪豁达畅快地流淌着水。书院里的溪流是从岳麓山上挂下来,泉水声从山上流淌到山脚下的书院里。泉水声声,乍一听,真疑是清清楚楚的翻书声、朗朗的读书声,千年不息……

愤怒的鸟群

朝大路的左边一拐，不远处就是我儿子居住的小区。

已成了一种习惯，到了那左边的拐弯地点，我就会抬起眼睛，望着近在咫尺的一座山头上的亭阁。

她在南边，在高大叠嶂的云台山下，寒风不停地扫过她、打量着她，她迎着寒风，喝着寒风，静静地守着蓝色的一方天和一方寒凝的山地。我向来有好奇心，犹是碰上没见过或似懂非懂的文化建筑类东西，就想去看看，探个究竟。这山上的亭阁让我好奇了，它是什么时候建立的，有着什么不知的奥秘的说法，"云台山志"上能有她的记载吗？

心里产生一种抑制不住地冲动，我想，一定找个时间上去看看。

今年冬天不算太冷，原以为"立春"了，冬季也就算滑了过去。可天气说变就变，"立春"没有几天，天气就冷了，寒风扑脸，

银杏教会我们成长

如割如刺，我穿着厚实的棉袄身上还觉得冷瑟瑟的。

在大路向左边拐的地方，我又向山上的亭阁望了望，见小山头和亭阁上空小鸟翔集，翩翩起舞，场景十分稀罕。怎么有这么多的鸟儿绕着亭阁飞来飞去不肯离开？

我想上去看看，探探究竟，同时，也想了却登上此山的愿望。心里这样想着，我两脚却不由朝着儿子居住的那边路上迈出了几步。我感到饿了，刚起床不久，还没有吃饭，饥肠辘辘，身上缺少热量，觉得冷飕飕的。

亭阁上飞翔的无数小鸟吸引着我，忍住饥饿和寒冷，我朝山上的亭阁走去。

刚走出几十步远，一条大道就成了城市和乡村的分界线，这边是高楼林立，那边就是鸡犬相闻、炊烟袅袅。这是一条手扶拖拉机跑的乡村简易水泥路，一粒粒石子裸露出来，硌着脚，电瓶车、摩托车走过时，不停地颠簸，"咣咣哐哐"作响。

田野扑面而来，我觉得清新、醒神、振奋。我像欣赏一幅乡村国画，看右边的美景：翻耕过的田地，有的浸泡在浅浅的亮亮的水中，有的黑土经过风霜冰雪的冰冻，泛着一层浅白色；一条纤细的小路，绕着麦田，弯弯曲曲，一小汪一大汪水塘，映衬得地里的麦苗愈发青翠撩人。左边的景致不一样了，有点灰色，扎眼：一堆堆土丘上，枯萎的草蒿密密匝匝的，一人多高，像一根根寒冷的肋骨；田里的稻茬有几拃高，望过去，白茬茬的一片，活像城市里钢筋混凝土浇筑出来的鳞次栉比的高楼，冷冰冰的，没有温度，没有表情，让人生畏。

我逃一般地离开白茫茫的稻田。

一条整洁的石级小路送我上了山。山不高、不大，满目枯叶、枯草、枯藤，几根松柏枝挺叶绿，其他大树小树都有点发瘦，枝杈上挂着依依不舍的枯叶。

上了山顶，站在亭阁下，我想看如云的群鸟，它们竟不见了，不知藏躲到什么地方去了。

我打量亭阁，这是一座新建的亭阁，有点粗糙，像是山民一时兴起建起来的，还没有得名。远看它，挺拔陡峭，华彩夺目，近了再看，没有那气势和神采了，看在眼里，只是普通的石柱、普通的琉璃瓦、普通的石桌和石凳。

我目光向山的周边城市撒去，城市尽收眼前。我的城市由一望无际的高楼汇成，一幢连着一幢，一幢比着一幢高，像钢筋混凝土的大海，波浪滔天，散发着的一束束白光，晃得眼睛难受发酸。我想起了在山下刚刚看到的一片白光光的稻茬，顿时，又逃一般地离开山头，离开亭阁……

路上，我回望山上的亭阁，又见群鸟盘旋，黑压压的一片。我恍然大悟，群鸟是在迁怒人类，迁怒于我，我们的钢筋混凝土制造出来的城市森林，打碎了它们的宁静与祥和，它们的家园越来越小、越来越少，都快没有家了。这个弱势群体对付不了强大的人类，只能集合起来，在它们剩下不多的小山头上，围绕着人类制造出来的钢筋混凝土，击翅盘旋，冲上滑下，发泄不满的怨气……

白荷红荷

说是七月流火，其实是八月流火，炎威逼人。一连几天没出门，朋友约去云台农场看荷花，我连连推说，算了，算了，身体有点疲乏，不去。朋友猜出我怕天热不肯出门，好说歹说，迫我不得不走出家门。

我这人是改不掉了，有事心里放不下，说是看荷花，心里便全装上了荷花。到了荷塘前，或许是荷花的宁静带来了凉意，或许是起了小风，荷塘边上的杨柳细梢轻轻地摇晃着，天陡然有了一些凉意，我身子一下爽了不少，心也静了。

看过不少荷塘和荷花，大的荷塘一点不虚空的说，荷叶是铺天盖地，一张张肥厚的绿叶，从眼前铺向天边。小的荷塘有几张桌面大小，几张宽大的荷叶轻易就遮盖了荷塘。

这儿的荷塘在远处看，是一碧到底，无穷无尽。近身一瞧，原来有大荷塘和小荷塘，每个塘开的荷花都不同，有的塘里挤满粉红、深红、淡紫色荷花，有的塘里昂满白色、黄色、青色荷花。

我见过不少大小不同、颜色不同、姿容不同的荷花，可眼前的白荷花我看上去第一眼就再也没有挪开过。我还知道，我的所有目光会全部留给她的。我见过唇形和蝶形的白荷花，未见过舌形的白荷花，花瓣重叠，瓣瓣紧密排列在一起。

我凑近白荷花，想嗅一嗅花是什么香味，脚下是白亮的水，把我与白荷花生生隔开。我不甘心，脚踏着水，伸长臂膀，够白荷花，巨大的绿叶像有力的手掌阻挠着，不让我接近。我还不死心，脚进了水里，手拨开不停涌来的绿叶，够白荷花，几张绿叶气紫了脸，奋不顾身地冲上前，一边用自己的身体遮挡着白荷花，一边用自己的身体把白荷花顶开。

我一手拽着塘边柔韧、一人多高的菖蒲，身体尽力向塘内倾斜，姿势像一只蜻蜓在点水，伸长手臂够向白荷花。我摸到了白荷花，正想摘下时，洁白宁静的一抹光芒在我眼前一耀。我心一跳，改变了做法，只是小心地采下两片花瓣。

美好是宁静给的，白荷花的美好正在于宁静，我摘下她，也就打碎了她的宁静。白荷花的花瓣初闻起来，没有什么香气，需要放在鼻子下细细地嗅，也需要用心嗅，心静了才能嗅出味觉。白荷花几乎没有香气，淡淡的一袭香甜，也很平和，也很宁静。

我采了一朵粉红色荷花，这次没有费太大的功夫，她开得娇艳妩媚，浓烈的色彩让人，蝴蝶、蜻蜓、水鸟远远地看到一团香气在她碧绿的温床上翻腾。我伸手够她时，一张张绿叶是挤着搡着把她

银杏教会我们成长

推给我的,摘下她的时候,绿叶真的平平静静。

宁静有了白荷花,宁静有了一塘碧绿,宁静给了白荷花的平常与精彩。

宁静让这个炎热的夏日凉爽多了。

福建过来的泸溪河

泸溪河是凝动的。

开始并不知道有泸溪河,到了鹰潭市的龙虎镇才知道这儿的泸溪河,外地来的很多人都是要看河中悬崖上的悬棺,我倒是被泸溪河一下子抓住了眼睛。

晚霞绚烂时,从福建过来的泸溪河,水面宽阔,清澈如镜,或急流喧哗,或涟漪如纹。

我们乘着一叶扁舟去看悬棺,见一中年妇女端坐在竹筏上,急划着桨向我们靠了过来。她的竹筏不宽,用四根毛竹并排扎起来的,上面搁置一个小炭炉,煮着粽子和鸡蛋。

我们知道,她是"水上超市"卖粽子来的。到了清静之地,人都会有高雅举止。我们买了两串粽子。粽子是竹叶包裹的,如草鸡蛋般大,一串十个,每串十元钱。妇年极为感动。我们走出好远,她依然紧追不舍。

我们有点不屑了,她莫非还想让我们吃她的煮鸡蛋?我们不理不睬,自顾品尝咸津津的小粽子,把剥下的竹叶子丢在船舱里。那妇女一路追赶,小巧的竹筏在她连续用力划动的木桨下,冲开雪浪,贴着水面,"扑哧扑哧"地追了上来。她嚷着,要拿走剥下的竹叶子。我们一下明白了,她追了好远,气喘吁吁的,是怕我们把竹叶随便丢进河中,脏了水。多好的"水上超市"啊,难怪泸溪河这么清净!我们用敬重的目光送她远去。

泸溪河上野鸭成群,家养的鸭子与野鸭同凫在河面上,游船经过它们时,竟旁若无人,置之不理;天上鸬鹚排成长长的"人"字形,顺着泸溪河高飞;两岸人家想吃鱼了,在河边下一张小网,只需两个钟头,就会拎起两三斤的大鱼小鱼。

暮色弥漫了。泸溪河上的喧嚣声好像被夜色一下子掖藏了起来,安安静静。我们又看见了"水上超市",她荡着竹筏,向一处被绿荫环抱的小村庄驶去。我们知道那是"无蚊村"。

一个村庄仅十户人家,一棵上了年龄的大樟树蓬蓬勃勃的,几乎遮盖了全村。说她是一个小盆景一点不过分,三面环山,一面临河。这里夏天没有蚊子,所以家家也没有蚊帐。有专家来考察,说是后山有洞,里面有很多蝙蝠,它们专吃蚊子,所以才有了无蚊村。也有人说,是村里的大香樟树熏死了蚊子。

我想,这村里的人把泸溪河保护得清清爽爽,河水天天流淌,哪有蚊子站脚的地方呢……

北戴河的河流

几次要去北戴河都因故没成行,这次一咬牙、甩开缠身琐事,走向北戴河。

北戴河一直吸引着我,且不说它是旅游避暑胜地、紧靠北京、国家领导人都在那儿度假,单是北戴河这个诗情画意的名字,也让我心的海里浪花有声、瑰丽多姿。

深夜两点多钟,到了北戴河,我看见一场翻滚着的大暴雨即将从黑压压的天空上捂下来,要捂住正睡着的静得像一条无声无息河流的北戴河。

我乘坐的的士简直是一条精灵的小鱼,在北戴河这寂静的夜的河流里灵动地游弋着,穿越丛丛绿树波涛的汹涌,跃出团团花彩的澎湃,掠过层出不穷楼房的大海。夜的寂静甜美地告诉了我,这里为什么叫北戴河。是不?

银杏教会我们成长

想象力是有限的。与我想象的一点不一样，北戴河不是一溜海滩上几丛绿荫下的红瓦青石别墅，而俨然是一幅山水相依、现代中西建筑叠嶂的玲珑娇媚的国画。

有人告诉我，北戴河这个名字的来处，是源自有一条北戴河。河流在大海的烘托下，细弱与苍茫，清澈与深邃，吟唱与铿锵，它也就生动、华彩起来。大海也因河流这妙曼的萨克斯生命而飞扬。北戴河在中国海岸线上风流倜傥。

白天太阳烤人，夜色降下来时，我常到北戴河四处走走。北戴河白天炎热，晚上海风漫来，凉风如水，大街小巷都是人，几乎都是来这里疗养、开会、旅游的人，如云如潮。北戴河是秦皇岛市的一个区，常住人口五六万，基本上没有什么工业，旅游是主要收入。国家很多部委在这里都有疗养院，每年六月、七月、八月是让人最舒适的季节。

夜色下的北戴河比白天看去更加丰富多彩、有想象力和生命力，更加真实和耐咀嚼。

几条海鲜小吃街，可以说最吸引人。来北戴河的外地人晚间大都到这河流里嬉浪，呼吸人间烟火，不到这里不能说是来过北戴河。

我去了。我没有品尝海鲜，那狭窄的一眼望不到头的小街上，烟熏火燎，流滚着的浓重的海鲜气息，云雾缭绕，已将我熏醉、灌饱。

小街上，人头攒动，摩肩接踵。路面上湿漉、沾腻而光滑，两脚踩着鱼虾留下来的体液与泥土混合成的污物，发出吧唧吧唧的响声。街两边是一家挨一家的小铺子，排着几张小桌子，一个柴油灶或电炉灶、煤炉灶。这里海鲜都是本地海产品，原汁原味，多的是海参、蛤蜊、小黄鱼、海肠、虾子、海螺、小仔乌等。做得很简单，有的把海鲜放在开水里一煮，用漏勺捞起来就端上桌子，有的用火烤，烤得海鲜吱吱冒油，升起呛人的烟雾。

游人们不远百里千里来到这里，对着山水只是轻轻一瞥，主要精力和要过瘾的是饱尝海鲜，吃了海鲜也就是吃了大海，过了一把没见过大海的瘾头，见了大世面，人生该有的也就算有了，不枉一世。吃时，很多男人裸着的上身挂着一道道热乎乎的汗水。女人们身着短衫，一点不忌讳什么，大口嗑大口嚼，滋滋哑哑，有滋有味，只差一点没把舌头咽下肚子。

吃足了，喝饱了，有的女人大大方方打着饱嗝、剔着牙垢。人们在这儿都找到了本来属于人的自然秉性，找到了生命自由、无拘无束的快乐。

平民的生活乍一看艰辛而寒酸，但难能可贵的是烟熏火燎的生活里有着人的坦诚、守着人的真实面孔。这儿找到的享受，在灯红酒绿的宾馆、动辄千元万元的豪华宴席上是永远找不到的。

高贵生活里的虚伪、忌妒、奸诈常常被遮蔽，拯救那些所谓的高贵者，非平民百姓的日常生活的烟熏火燎是拯救不了的。

海鲜街应该是北戴河最豪华奢侈的地方了，也是最动人的风景。

北戴河为什么叫河，这条河流烟熏火燎的，我是发现和找到了。

一勺海

山海关的长城老龙头关口，真像一个龙头扎入大海里。那里明明有日云奔合，巨浪排空，波涛铿锵，云水苍茫，却在一块高大的碑上曰为"一勺海"，把自己说的很小，里面的深深思想，抓得我无意饱览其他风景，双手一遍遍抚摸碑上"一勺海"雄浑三字，对着吞珠吐玉的大海，万端感慨。

"一勺海"是出自谁的手笔，碑上没有落款，书摊上的宣传书籍里也没有记载，但我走遍山海关附近的山山水水，能让我念念不忘的，就是它，且想要写下它。

一勺海，没有"天下第一关"山海关城楼的巍峨，没有海神庙的仙境，没有入海石城的险峻，没有孟姜女庙终年不灭的香火，它只有让海风日复一日坚硬的磨砺，有辣毒的阳光月复一月的锤炼，有雷声一样的涛声年复一年的颠簸。这块碑老了，上面满是皱褶，很糙，很不起眼，像一个瘸脚的老人站在一个寂寞的旮旯里。

我细心察看碑上，发现它下半截断过，后来才被接上小半块新做的碑，涂抹成被岁月历练后一副老陈的样子。现代人企图用高科技弥补石碑明显的断裂，但还是没有遮掩住，露出了一道清楚的痕迹。

这碑怎么断的，是什么时候断的？

我不知道。

怎么断的，什么时候断的，现在并不重要，再说它反正已经缝补在一起。不过，明显说明了它不是经典，也不华贵，曾被忽视过、冷落过、抛弃过，是一块丢弃在荒草丛里的普通石头。

现在，现代人兴许是要利用它的历史去获取经济价值，歪打正着，让它起死回生，完整地站立了起来。这要感谢花花绿绿的钞票，让死了的东西复活，让枯木逢到了春天。无意中，现代人与过去人心相通了。石碑不再只是块碑，有了生命，活了起来，俨然成了一个人，成了一座山，成了一片大海。

一勺海，也许是那个文人借景言志，在苍苍茫茫的大海前抒怀，山海关前这点海水确实是有点"一勺海"，太小了。一个文人最满腹经纶、才华飞扬，在一天璀璨夺目的星河之下，在无边无际的大海面前又算得了什么呢？

一勺海，是大海，是宇宙，是人生。

一勺海里，有寻夫不见哭倒八百里长城的孟姜女的哭声，有明代开国功臣徐达修筑山海关长城的号子声，有爱国名将戚继光亮剑击杀敌人的呐喊声，还有吴三桂引清兵入关的马蹄声……

银杏教会我们成长

　　一块碑写着过去，照着今天。世上山山水水间竖有密密麻麻的大碑小碑、高碑低碑、贵碑贱碑，都是想把思想留下来，让后人也能那样去做，也是怕后人不再有煌煌的至理名言。前人真的是有眼光，给想到了，看看眼下，忙忙碌碌、浮浮躁躁的人，大多都想着自己的私利，有几个能真正想着"先天下之忧而忧，后天下之乐而乐"的呢。现在很多人比前人聪慧，只不过他们把聪慧用在了私利上，他们似乎看破了人生。他们虽然常常重复前人的思想，可很难得到前人的襟怀和践行出来的蕴有宇宙气度的朴素思想。

　　一勺海，波涛万里，浪花吐雪，声撼山海，思接千载……

天马岛四记

莒南

连云港与莒南,一个属江苏,一个在山东。他们像两兄弟,地挨地、河连河,紧紧依偎在一起。

连云港很多人来自莒南,我丈人就生自那里。听说,那儿没有山,没有大片的水,只有看不到边的黑土地,还有零星的村庄边几棵白杨树的绿叶,在太阳下闪耀着银子一样的亮光。

乡村公路,柏油的,干净整洁,两边花草争艳,送我舒坦地到了天马岛。

我是带着丈人的感情来的,用丈人的眼睛寻找已远去的记忆。没办法,淡淡地惆怅闪在眼里,丈人的记忆不见了。

也许，假若丈人来了，对着擦肩而过的陌生景物，心情会万里无云，激动得老眼饱含热泪。

在这儿，他找到了父亲、母亲、爷爷、奶奶，找到了这辈子活着的理由，就是为了这块土地。

天湖

游天马岛从天湖开始。

有湖，心情不会差，游兴也不会低的。

天湖并不大，说是比杭州西湖大三个，而西湖并不大。站在马鬐山上，朝下看，天湖，就是那么一块，像翡翠。船到湖里，天湖有了想象力，无边无际，四周迤迤逦逦的山峦缥缈在云纱里，像海市蜃楼，"山疑画里看，水作琴中听"。

人的心情好坏，常决定于山水。尤其是水。人离不开水，山也离不开水，最好的山没有了水，是死山。

人的想象是从水开始的。

我对天马岛，对这一天旅程的开始的想象是从天湖开始的。

想象是能看到、摸到的。

湖面上扩散着的一轮一轮涟漪是美丽的想象。

山涧

马鬐山是天马岛的一座山峰。

马鬐山上有一条山涧，清水潺潺。这样的山涧见得太多了，大凡风景区都有，一点不稀奇，只是在游人累的时候能听听水声，在里面洗洗手、泼泼脸。

莒南人会做事，把一条普普通通的山涧抉剔得淋漓尽致，没丢下一点遗憾。他们顺着山涧，铺上一块块不大平整的石头，让游人在漫过双脚的涧水里踏着，像登云梯，一个脚印一个脚印，攀上山顶。

我小心，没敢贸然到山涧里走。山涧里的脚踏石万一生了青苔把我滑倒怎么办？

不少年轻人从山涧里走。当代人追求新奇。

我又怀疑起自己，是不是多想了，水漫石头还没有生青苔，还在走人的时候，就冒出会生青苔滑倒人的念头，我怎么就能知道它一定会生青苔、滑倒人呢？即使哪一天生出青苔，聪明的人难道就不会想出新的办法，不使人滑倒吗？

想得太多，什么事也做不成。

人生来有弱点。

我有弱点。

不过，人就是这样一点点进步的。

我不禁莞尔。

缆车

要上马鬐山金顶。

银杏教会我们成长

有人换上这里事先备好的胶底布鞋,我像多少次上山一样,故我地穿着皮鞋。

这天,索道检修。我正准备捋袖上山时,索道又专门为我们开启了。

穿胶鞋的人几乎都安步当车。我坐上了缆车。

快上金顶了,忽地,缆车刹住,一只只双人包厢,像一串冰糖葫芦挂在半天上,让轻风随意地拽来推去。我担心,这时要是起大风,会把缆车吹掉下去的。

坐在我身边的莒南籍人、作家赵德发坐不住了,打手机问风景区人,怎么回事?那边答,没问题,是检修间开车要协调。

在半空里被挂了十多分钟,时间像很长似的。我冒出了很多怪念头,大多是后悔,坐缆车干嘛,早该步行上山。

上了金顶,早已步行到了山上的同行听了我们的事,乐了,说,公平,有得便有失。又说,明看我们赚了,其实,是他们赚了,我们亏了。

马鬐山上的天说变就变,早上出来阳光明亮,这阵就暗了下来,凉风也来了,毛毛雨洋洋洒洒飘起来。

山上的庙宇、古寨、瀑布、无字碑等等,在密密的雨丝中朦朦胧胧,表现出别有一番的美景。

我们有点狼狈,两手遮在头上,慌慌地深一脚浅一脚地逃进缆车里。穿胶鞋的同行也坐进了缆车,谈笑风生。

我想,他们这次坐缆车下山是赚还是亏了呢?

我坚定,他们应该是赚的,怎么会亏呢?

最美丽的一个小渔村

烟墩角是世界上最美丽的一个小渔村。

天一冷,成群的白天鹅从遥远的地方翩翩飞聚到山东荣成偏僻的烟墩角。几乎是在同一时间,全国各路的摄影好手不约而同地追着白天鹅的倩影纷纷而至。

白天鹅一般十一月来到烟墩角,过了正月就飞离开了。烟墩角的山峦不高,却青青苍苍,海湾不大,却风平浪静,鱼虾丰美,村舍普普通通,却人善平和。白天鹅也许认准了烟墩角的人,无论漂凫在海面上,还是彳亍在滩涂上,低翔在村舍上空,完全是一副悠然、自在、安详的自由自足神态。它们飞起来的时候,像星星布满村子的上空,落下来的时候又像一层白絮铺满海湾。

花大姐家简朴的两层小楼,守望在一湾海边,守望着飞来飞去的白天鹅,守望着一个一个摄影人。

银杏教会我们成长

我慕名住在花大姐家里。五湖四海来的摄影人都喜欢住在花大姐家里。一位佳木斯的摄影人每年都要来花大姐家住下，这次为了拍摄白天鹅已经住下二十多天了。花大姐腾出最好的房间给客人们住，摄影人摄影创作不分白天黑夜没有个准时间，她随叫随到端上热腾腾的鱼虾和大馒头、烧酒，收的钱倒很少。

花大姐姓花，四十几岁，一副海边女人常有的粗糙、黑红的脸面，操着一口朴朴实实的胶东话，开开朗朗。摄影人不分老少都喊她花大姐，她高兴听，满脸是笑。

腊月里，烟墩角寒冷得生烟。天蒙蒙亮，我和几个摄影人赶到小码头上，拍摄白天鹅从海面上起飞时的姿态。峭风穿透厚重的棉衣，小码头上冷得站不住人，手中的数码相机被冻得也失灵了。

我们加入到潜伏在一溜海边的摄影人群里，所有摄影人伏卧在雪地里，把长短不一、粗细不等的镜头齐崭崭地瞄准着大片的白天鹅。

拍摄一只白天鹅的姿态有时需要几天和几周时间。白天鹅怕见人，摄影人在一个地方等待一个镜头常常要一卧就是半天，冻得手冷脚麻。难熬的时候，花大姐出现了，端上一碗蒸蒸热气的姜汤，喝了，又有了精气神。回到花大姐家里，她没少唠叨嗔怪，却手闲不住，帮摄影人烤鞋子，烘袜子。

我们没有拍出理想中的白天鹅姿态，一趟辛苦眼看泡汤。天漆黑，没月亮，雪花洒，天寒冻。花大姐带我们坐上汽车，到了海边，用车灯照着海面、滩涂，洁白的灯光下，一只一只白天鹅竟展自由，灵性四放，姿态万方，美艳尽收。

拨开雪花,我温热地望望头上扎着花格毛巾的花大姐:多好的一个山东大姐呀,她用自己最质朴的感情,把世界上最美丽的东西奉献给了我们。

吴淞口出海

夜色完全飘落下来了,我乘坐的客轮从上海吴淞口徐徐启航。

第一次江上乘船,我新鲜又好奇,原本可以坐车到羊山或宁波再乘船去岙山的,实在是吴淞口的江和海共流诱惑力太大了,我想舒舒服服地躺卧在床上,透过舷窗,欣赏着岸边的风景,或踱步船首,迎着江风,看船首破开江水,拽着一江浪花,冲出狭隘的吴淞口,瞬间在辽阔的大海里风流倜傥,这该是何等的惬意和豪情呵!

我的眼睛几乎被夜幕遮住了,两岸上的东西看来朦朦胧胧,依依稀稀如同灰色的起伏绵延的山峦。船下的江水看得见,没想到黄浦江的波涛像大海一样汹涌,扑在船舷上嘎嘎地响。

从远远的海上刮来的风又硬又猛,让我早早地领略了大江与大海那力量与力量、博大与博大撞击在一起时的宏大壮观景象,听到冲起的水柱呼啸声、跌下的瀑布巨大轰鸣声……

当我正被夜色遮盖了要兴致勃勃去发现两岸精彩内容的眼睛而悻悻然时，突然间，两岸天地之间绽放出一片片、一簇簇红的、绿的、黄的、紫的五彩缤纷的花朵，流光溢彩，光华遍地。喜出望外盈满我的目光，那是现代化的工厂数不清的灯火，那是层出不穷的高楼光怪陆离的霓虹灯，那是高速公路流水般的灯彩。船上的旅客全都涌动起来，舷窗前挤满了人，舷梯上站满了人，不让旅客随便走动的甲板上也有了不少旅客，四处都是旅客喊喊喳喳的惊喜议论声。有不少是上海人，他们也被从未见过的夜的瑰丽灯火所惊讶得脸上闪耀着激动的光彩，不时发出惊叹声。

吴淞口有多长，两岸的灯火就有多长。

船在吴淞口里走了一个半小时还没有走入大海。我第一次知道吴淞口到达大海这么远的距离。

看不到连绵不断的灯火时，船就进了大海。我没有欣赏到江水与海水相拥相吻的激情演绎的那瞬息，这不是天黑的缘故，全是时间稍纵即逝，一不小心就晃了过去。

海上没有了灯火，全是孤寂的黑暗，乌云打滚的天空和滔滔不绝的大海混同一色，差一点分不清谁是天谁是海了。我睡在床上，满耳响亮着客轮上机器沉沉的发动机声音，回彻着海上无穷无尽的波涛扑打船舷响起来的让我总是隐隐担心船的安危的声响。我眯起眼，心随着沸沸扬扬的波涛滚滚荡荡，怎么也睡不着，也静不下来。我索性走出去，下到甲板上。周围没人，呼呼响的海风和浓重的海腥味包裹了我，我抓住身边门上湿漉漉的把手，生怕一不小心被强势的海风拽到海里。我任海风抓着、撕着、揉着，我故意这样做，心甘情愿这样做，做了，才觉得不虚此行，心里舒服。

我突然间冒出一个念头，想看看船下灯光里的波涛是怎样的千姿百态、怎样的激情演绎、怎样的千树万树梨花开、怎样的诡谲、怎样的惊心动魄。朝着生着冷意的船舷和船舷外黑色的大海望了望，我觉得那是悬崖，下面是激浪奔涌、电闪雷鸣、冰冷彻骨的万丈深渊，是能瞬间吞噬世界上任何最强大生命的无底黑洞。

我犹疑不定了，看看周围有人没有，哪怕有一个人站在身边，也会给我带来勇气。周围没有人，只有呼呼响的海风和船下翻腾的波涛。

突然间，一只山一样高大的轮船从旁边威风地驶过，驾驶台上的灯火像天上的一团星星、海上的一簇火焰，吸引着我，照耀着我。那灯火向我呼喊着，焚烧着黑暗，挥舞着光明的手，拉着我，毫无顾忌地走向船舷。波涛在船下暴躁着，折腾着，吵吵嚷嚷。船在波涛上颠簸着。我急忙看一眼船下湍急得陌生的波涛和无穷无尽的黑暗，马上掉身快步地回到客舱里。

在黑暗里才知道灯火是有生命的，地球上的生命在于她的启迪才获得不竭的勃勃生机。

我一夜没有睡觉，看着、数着海上的灯火。

紫金文库

白雪似的山峦

林业部门的朋友邀我们三两好友游玩连云港锦屏山。山不高，海拔二百多米，虽不高，可多姿多彩，有些神韵。上山路有两条，一条小道，还有一条是汽车能开上去的盘山公路。朋友问："你们想怎么上去？"一个体重宽大的朋友说："我坐车上去。"我们几个说："走上去。"

坐着车的朋友很快上了山。我们几个人一步一步朝山上登。

春夏季节里，我没少来过锦屏山，在初冬里来这里还是第一次。柔和的阳光浸漫着落了叶而疏朗的杂树林，林木间并不冷，一簇簇、一串串大大小小的红野果缀挂在枝梢上，托举出冬天里草木不朽并结出的果实的。小鸟不多，可以说根本没有听到鸟雀的叽叽喳喳声，树林里静静的，山里静静的。拐过一个山坳，前面山峦上一片白色，像是雪花弥漫，又似白雪冰封。我们惊诧，是什么样

银杏教会我们成长

的树,能在冬天里开出这样的花?如果不是树上的花,又能是什么花,难道是雪花吗?晴天阳光里,又哪来的雪花?

走近了,我们才算走出梦境,这不是雪花,也不是树上的花,是一种白色的野果,个头如豆,圆圆的、白白的,三、五粒一簇,挂满树上。

白野果如雪似花,漫山遍野的白色照亮了冬天的大山,叫醒了山里的峭壁、树木、藤蔓、溪流。大山蓬勃旺盛起来。

到了山上,早先上来的朋友正与一位守山林的老人津津有味地唠呱。老人一头的白发和洁白的眉毛、胡子,让我不由把他与白野果弥漫成的虚幻的雪花叠加在一起,把他看成了一座白雪似的山峦,白雪似的一棵树。

老人白雪似的胡子是守山林的沧桑的年龄。他近九十岁了,山顶与山下的小城镇相距不算远,可他几乎就没有下过山,生怕随时有火情,有人会伤了树木。生病时,他从山上随便采点草药,熬点汤喝下去,也就没事了。家里子孙多少次劝他下山,他根本不听。老人没有感到过寂寞和孤独,八、九岁跟着父亲守山林,在茅屋前栽上一棵小槐树,这树竟像他一样倔强和顽强,长得茁壮而欣欣向荣。

我看见,槐树很粗,三四人才能合搂过来,树冠如伞,遮住了低低的茅屋和偌大的场院。树上被游人结满一条条红布带,把祈福驱灾的善良愿望寄托在树上,附托在老人身上。白胡子老人是树魂呀!一条条红布带像火苗,随着徐徐山风,在绿叶间跳荡、燃烧。

我问老人,山间结着密密麻麻白果的是什么树?老人说:"是乌桕，夏天开花，秋天长果子，到来年春天也不落。不过，它全都喂了小鸟。"

我点点头，心一热，无限感慨：老人是槐树，也是乌桕，用自己的青春和生命焕发了自然界新的生命，焕发了人对生命的渴望和追求。

老人与白野果成了白雪一样的山峦。

赤足樱桃涧

连云港东磊这个地方,在古典名著《镜花缘》里神神秘秘的。

东磊是石头的世界,大大小小的石头组成了一片石头的汪洋大海,让你不得不想起几千万年前肯定爆发的一次山崩地裂,它的博大和雄浑,深远和神秘,让人无法走近。

东磊的樱桃涧是贴近人的,它敞开细腻的胸怀,接受着你,洗礼着你,让你尽情地欢娱,让你的情感融化在它的山水中。

东磊早就闻名遐迩,而樱桃涧在一边,像一个含而不露、面带羞涩的深闺少女,没有多少人知晓。今年盛夏,我才知道樱桃涧。我陪着老同学、江阴作家夏坚勇一块走进樱桃涧。

樱桃涧是璞玉未凿,涧口处满是青枝绿叶的樱桃树。一棵近百年的樱桃树,盘根错节,却依然年轻茂盛,郁郁葱葱。它是云台山上樱桃树的祖先了!只因涧里有着这么多的樱桃树,才叫作樱桃涧。

大涧像一条磷光闪烁的青龙，蜿蜒迤逦伸向山的深处。涧的两侧茂密的树木争先恐后向涧里涌过来，形成绿色的长廊。各种花草以它们顽强的求生欲望和倔强的性格，穿破沙石，涉过涧水，在涧里这里那里一簇一簇地体现着生命的存在。

进了涧里，或大或小的石头间，山水恣意横流，走路还要脱下鞋袜，挽起裤管，从没有荆棘、没有带着棱角石头的草丛里走过去。草丛里的石头被河水洗磨得光光滑滑，像鹅卵石，能赤着脚踩在上面，疾步奔跑。

涧里潭多，几步一潭，深浅不一，深的六、七米，浅的一米多深。潭里的水深得发乌，浮着层层凉气。涧里洗澡的人很多，有三两人泼水嬉戏，有仰躺在水里，脖颈淹没在水里，舒展开四肢，自如惬意。洗澡的有男有女，女的在涧下，男的在涧上，隔着几块大石头，只闻笑声，不见其影，各洗各的澡，各享各的乐趣。

清纯的山水，让我和夏坚勇按捺不住，几乎赤着全身，跳进潭水里，享受着天然野趣。此时此景，你属于自然了，自然也就是你了，你是风，风是你，你的笑声，变成了哗哗清亮地流水声，一点不再想涧外那些纷纷涌动的琐事。眼睛里只有被风掠动的树，只有天上轻闲漂浮的云絮。

在水里，我的身体非常非常轻盈，心情非常非常平静，像水一样无波无纹……从水里上来，湿漉漉的短裤滴着水，在被太阳烤晒得暖烘烘的浑圆石头上坐下来，一会儿就蒸干了。

这时，拨开疏朗的草丛，赤着脚，跳跃地踏着一块块圆石，朝涧的深处走去，杜鹃崖像一扇高大的门巍然的横在面前。涧的深处传来湍急的哗哗水声，却不见流水，愈发显得幽深而莫测，给人留下无穷想象的余境。

杜鹃崖是樱桃涧游玩的一个最佳去处，崖上有一棵棵密密麻麻的杜鹃，根粗叶茂，最大的一棵杜鹃长得像雨伞，蓬蓬勃勃，它有四十年的历史。如果在万木争荣的四月来到杜鹃崖，崖上绽满杜鹃花，一片斑斓，远远看去，像绚烂的云霞。

海南岛行

那天，黎明还没有走来，我从海口市乘汽车去黎族壮族自治区的通什县。怕路上口渴，我买了五个大西瓜，放在座位下。驾驶员过来，看见了，炸起两腮上的胡茬子，用海南岛人特有深陷的眼睛，严严地逼视着我，指手画脚，叽里咕噜的说些什么，我一句话没听懂。旁边的一位旅客告诉我说，他让你赶快把西瓜固定起来，要不，一会儿汽车在山上爬上窜下，西瓜会摔成八瓣的。

山路这么难行？我借过一个竹篓，把西瓜装了进去。

汽车启动了，又快又平稳。外面乌黑一团，什么也看不见，只听见风声从窗边呼呼啦啦地掠过。汽车引擎发出沉重的声音，速度慢了下来。我知道汽车是在爬山，急忙朝窗外望去。夜色里闪烁着成串成排的灯火，活像大海上小渔舟的灯火，织成一幅灯光网。

这是什么灯火，是村寨的灯火？是夜行的车队？是山间的街市?是游弋的萤火虫?我暗暗地猜想,兴许是花瓣、树叶上沾着的滴滴水珠,映着无色透明的月辉,亮闪闪的,像珍珠……倏地,亮闪闪的珍珠游弋了,先是一只,后是两只、三只、四只、一行、两行……山上、山下、天上、地下,连成片、串成行,宛若忽高忽低、活灵活现的长龙,在车前、车后、近处、远处,时隐时现,忽明忽灭。这是什么,如此神秘、扑朔迷离?

曙色熹微。前边有位旅客惊喜地喊道:"橡胶林!"

我急忙打开车窗,一股浓重的芬芳扑面而来。这时,我才看清,那一颗颗珍珠原来是割胶工人头上戴的照明灯。我真要惊呼起来,这么大的橡胶林,简直是树的海洋。我平生第一次看见橡胶树,眼神是那样的专注。橡胶树银白色的杆,笔直挺拔,苗条秀气。它没有老态龙钟、弯腰驼背的躯干,也没有盘旋曲折、参差披拂的虬枝;没有垂柳的纤弱,又不失水杉的婀娜。

看着那依稀可辨的照明灯,我自言自语说道:"割胶为什么在黎明前?"

身旁人笑道:"三点到八点钟,最能出胶水。"

这时,我对勤劳的割胶工人的敬意之情,从心底油然而生。

后来,那人知道我是千里之外的江苏连云港来的人,心情更加开朗起来,话也更多了。他说:"我们是老乡呀。不是夸海口,我一九五七年从南通来海南岛工作的,当时没看好这地方,想回去。现在,我真喜欢上这里……"

"你是研究热带植物的?"我问。

他笑了笑,答非所问:"绿色是最养人的。海南岛一年四季常青……"

汽车驶进深湛的绿海深处,在乌溜银光的柏油路上急驰。只见周围伫立着一棵紧挨一棵威武的云杉和油松,凌凌高耸,树冠交织。在沟壑那面的阳坡上,清一色是低矮壮实的柏木,在潺潺流水的涧沟里,灌木丛密密麻麻,随风波动,翻卷绿浪。修竹纤纤,婷婷美美,遍地的仙人掌,一棵一棵那么肥厚、雄霸,芭蕉、美人蕉依靠自己蓬勃的生命力蔚然成林,那香樟、梨木更是遍地飘香……

山林中的水又清又亮,水流不大,自由自在,活活泼泼,无拘无束,从峭壁上涓涓跌落下来,穿洞隙,过石罅,在山坳里汇聚成好多一大汪、一小汪清亮亮的水潭,活像天上落下来的一片云絮。

看到了水,我才感觉到嘴里焦渴,想起竹篓里的大西瓜,急忙弯身掏西瓜,折腾半晌,也没见到西瓜。正狐疑之际,前边有人喊道:"谁的西瓜?滚到这里了,碎了。"

前边的话还没有落音,后边又有人喊起来:"谁的西瓜摔成稀糊糊了。"

真晦气,五个西瓜窜出竹篓,竟然没有一点声息。这当儿,汽车一会儿缓慢地爬坡,一会儿又如箭一般地下坡,忽地,又转过一个s形的弯子。我坐在车上,像在大海波涛上,忽而在浪尖上颠簸,忽而在浪谷里晃悠,弄得头晕目眩,天旋地转。难怪西瓜蹿出篓子摔成八瓣,就是人坐不牢实也能摔成八瓣!

汽车爬上一个山峰又平稳起来。山顶上也有人家,板壁蕉叶顶,掩遮在绿树丛中。太阳当顶了,驾驶员停车让我们小憩,买些瓜果桃李充饥。一群群黎族的男女孩子,赤着脚板,簇拥着我们,

银杏教会我们成长

叫卖着香蕉、杧果、菠萝蜜……

开始我以为山里偏僻、来往人少,这些孩子一定笨拙、愚昧。没想到,他们眨着机灵的眼睛,嘴巴乖巧,很会说话,让你不好意思不买他的东西。

我感慨,山里人家并不偏僻,在我们祖国的大家庭里,不管是天涯海角,深山密林,一条条山道、一条条细流,都和我们的北京、上海、广州、南京、武汉、西安紧紧相连,都和长江、黄河、珠江、淮河、雅鲁藏布江密密相通;我们脚下的柏油路,就是从祖国心脏延伸过来连接这里一家一户的血管的!不管是苗族、侗族、黎族、壮族、白族、维吾尔族、汉族……各族人民的心,都和祖国的脉搏一起跳动。

海南岛是海洋气候,天气变化快,刚才是蓝天如洗,这阵就来了云朵,扯下千万条雨柱。我急忙钻进车内,凝视着窗外密密斜织着的雨柱,跌落在马路上开出一朵朵洁白的水花。

雨地里,站着三个小姑娘,每人头上顶着一片大大的、绿绿的芭蕉叶,雨柱打上去"噼叭"响。她们一起向我们的车招手,呼喊着,看样子是想搭车。驾驶员没有停车的意思,这是长途车,一路不停,我们的车我行我素,径直开着。

我在心里叹口气,三个姑娘碰上这样一位驾驶员算倒霉了。正长吁短叹,汽车陡然刹住了,三个小姑娘丢下芭蕉叶,跳上车子。我心一热,感受到人心里都有一个太阳,照亮别人的时候,也照耀了自己。

汽车飞出了雨幕,太阳向树林投下万千条光线。在柔细的阳光里，一颗颗水珠悬在叶尖上打战，闪着光明。枝枝叶叶的顶端，冒出几片薄薄的、嫩嫩的新叶。

我望望车后峰峦上袅袅娜娜的淡雾，感情的思潮像绿海的波涛翻滚：海南岛人、我们的驾驶员，初接触时，瞧那外貌、举止、言语，是那么的粗犷、那样的不易接近，就如同我们刚走进热带雨林一样，看见各种奇怪的植物杂然相同，望而生畏，但当大胆地走进去，就会感觉到各种植物那么协调地生活在一起，竞相发展，充满着蓬勃的生机……

我明白了，我那老乡、那南通人为什么爱上海南岛，他是喜爱上海南岛的人了。

银杏教会我们成长

芦苇荡淹没了我

  一切,在春天熏人的暖风里似乎显得并不真实。

  在城市的边缘,在新浦的北边,在现代人的眼帘下,在大海与陆地之间,一片辽阔、充满盎然生命且色彩丰富的湿地,一片浩瀚的绿色夹杂着黄色的芦苇荡,一片还没有褪去冬天红色衣妆的海英菜,一片清波闪闪的鱼池,还有一阵阵清冽的海风,让我这个从城市钢筋水泥框架里走出来的人,一时有些惊异。距离这一片湿地不远的新浦,人群在这座高楼比肩的城市里如蚁般地涌动,人们为寻求绿地而烦恼。可这一片芦苇荡、海英菜、鱼池,还有野鸭、野鸟,居然完好如初地在这里静寂着,这难道是真的吗?当我确认这是真的,就为自己的发现激动不已起来。

  静寂属于这里。走进这一片静寂,站在这静寂的土地上,我才知道什么叫静寂,什么叫无边无际,什么叫自由自在,什么叫心旷神怡。我随心所欲地放纵两只眼睛，恣肆地舞蹈着四肢，无拘无束地放开大声吊一下嗓门。

重重叠叠的芦苇包围着我，我成了芦苇中的一根。我这才恍然看到城市里涌动着地喧嚣和飘荡着的浮躁，看到人们居住的神话般的高楼原来是封闭的水泥匣子，人变成了水泥人，独门独户，呼吸着水泥散发出来的气息，不停地吐纳着城市里杂七杂八、蚕食鲸吞着生命的浮尘物。

突然在寂静里行走、伫立、思索，我有一种陌生的距离感觉。距离的思想能看穿一切。人一直以为自己了不起，是大自然的主宰者，以为大自然离不开自己，可以随意主宰大自然，可以人定胜天，可以改变一切。人在工业、科学、技术滚动发展的今天，已经开始昏头昏脑了，认为无所不能了。

错了，人真是错了，只有疲倦极了，人才会看懂自己，看穿自己。人是城市的主人，城市不能离开人；大自然不同，人在大自然中只是一个过客，永久的客人，大自然可以随时不要人，人一时半刻离不开大自然。

为了让芦苇、海英菜、野鸭、野鸟信赖我，也为了使我能够深深地依偎在这片温软的草地上，我行走在芦苇荡里，把这里当成了城市广场上人工的草皮地，轻手轻脚的。我几乎像换了一个人儿似的，不像是城市里的那个人，不在乎地，玩世不恭地，可以随意挖走一棵树，摘下一朵花，折断一根枝，踏倒一株草。

我仰睡在芦苇荡里，芦苇荡淹没了我。我只能轻悠悠地呼吸，只能用眼睛看，用心思想，用耳朵聆听，让野鸟扇动着翅膀，边快

银杏教会我们成长

乐地叫着,边翩翩飞过眼前的天空,让翠绿的芦苇痒痒地甜甜地抚摸我的脸颊,让柔弱无骨的海英菜卸去那一层冬天的衣裳,让静寂沿着我的眼睛、耳朵、鼻子、嘴巴流遍我的五脏六腑。

一切,我是呼吸过了,拥有过了,并从我的肺腑里流淌过。然而,我们这座城市里还会有许多人要来到这个地方的,是要用这样的苍茫和静寂滋润眼睛和心境的。

轻轻地吻一下岚山

知道日本的岚山,是因为岚山有一块周恩来总理的诗碑。

出了京都不远,就是岚山。一个轻盈如纱,恬淡似烟的岚字,点化了岚山。于是,水活起来了,山灵起来了,枫树燃起来了,鸬鹚仙起来了,鸳鸯抖起来了,小鱼恣起来了,芦苇花飘起来了。

去岚山是看枫叶的。十一月是岚山枫叶最好看的时候。岚山的枫叶蓦然地跳现在你眼前时,你会一时不知所措,心荡神摇,怀疑自己的眼睛是不是看错了。你会找不出任何美丽的语言美赞她,只能睁大眼睛久久地去看,让头脑去尽情地想象,让感情放纵地奔流。

岚山枫叶与北京香山的枫叶不同,与南京栖霞山的枫叶也不同,那是海洋气候的温润。她五色斑斓,深浅不一,澄澈鲜亮,水灵的欲滴。

银杏教会我们成长

　　岚山的枫叶像出自一位美术大师的画笔下，又像是神仙的杰作，丰富的色彩浓淡相宜，艳而不俗，温温和和，徐徐吐香。枝枝杈杈你拥我挤，我拉你拽，却挤而不乱，闹而不哗，叠而有隙，静而有声。红色在黄色面前不争俏，绿色谦让靛蓝色，紫色对橙色彬彬有礼，嫩黄色在淡蓝色面前一团和气。阳光像泉水从枫林上流淌着。枫叶的寂静产生的一种大美大境，让人神往，岚山成了一张绚丽的国画，一扇精致的屏风，一块华丽的壁毯。

　　岚峡两边窄窄的山路上，看枫叶的人群如潮。岚山的枫叶群芳绚烂，吸引得鸟儿不停啁啾，弄得鸬鹚在水上翻飞起舞。

　　岚峡在漫山的枫叶映衬下像是一道苍绿的裙裾，又是一首舒缓悠扬的音乐。岚峡的水不深不浅，也就是二米左右，见得到一团团青藻，鲤鱼成群结队的，或在水面追逐涟漪，或潜水底摇头摆尾。

　　岚峡的一泓水似乎就是守候着漫山的枫叶，不让这倾城倾国的姿色随意丢走，全部收留在这镜子一样明亮的水面上。山上的枫叶也已醉人，再有水上的枫叶画卷，让看人已不能自已了，更何况坐上一叶扁舟，优雅地漂在漫山漫水的枫叶上，俨然成了画中人。赏人心醉了。

　　岚山枫叶有人气，离不开水，岚峡的水有灵性，离不开鸬鹚和鸳鸯。岚山傍海，鸬鹚云集，常常落在游人的头上、肩上，与人伴游。

　　也许，只有岚山了，人吻着山、水、枫叶、鸳鸯、鸬鹚，枫叶吻着水、山、鸬鹚、鸳鸯和人，水吻着枫叶、山、鸬鹚、鸳鸯和人。

　　我轻轻地吻一下岚山。在岚山霞霭虹霓和碧水盈荡的风景中，一片原始的芦苇荡和蛮荒的河床，以及坐在芦苇荡里安闲垂钓的老翁，也让我情不自禁地吻了一下，岚山有岚气，芦苇花开得铿锵声响，如白色的火焰。

一座小山头，是密密的松树和枫树，树叶隙间流进来的阳光柔和妩媚。周恩来总理青年时代在日本时写下的诗句"雨中岚山"，后由廖承志手书，刻在这里一块朴拙的青石头上。此时此景，若你是一个中国人再看其他处的枫叶，与这儿的枫叶截然不一样了。看山水是有心、有情的。

这儿的枫叶只要你一枚一枚的赏，发现每一枚都不同，都有激情，都有激动人心的乐章，都有金色的诗篇。

看枫叶要心静，才能从中看到小溪，看到鸟语，看到月亮和星星，看到潮汐和白帆，看到你的青发渐渐地一根根、一缕缕变白了。青年时的周恩来在这里看枫叶，当时潇潇细雨，枫叶上淌着清亮的水。这从周恩来的诗句里能品出来。他在雨中的枫叶上见着了鲜红的光亮。看到了人间的万象真理，渴望迎着中国革命呼啸的大潮而上。

我看到了岚山枫叶的魂魄。我读懂了岚山山山水水、草草木木的心情。我的肉身与异国异乡的山水和枫叶糅在了一起。

周恩来总理的品格、修养、气度与岚山的山水是多么的和谐、贴近啊！伟大的思想是穿透云层的一道阳光，染红了枫叶，染绿了水，给一座山以勃然的生命。

在岚山，我轻轻地放慢了脚步，轻轻地吻了一下。

黑白之间

瘦西湖上的朱自清

这次到扬州,是要看瘦西湖。扬州我是去过多趟的,第一次去扬州在个园里住了十几天,天天都要爬爬春夏秋冬几座假山。去扬州是要玩瘦西湖的,不到瘦西湖等于没来扬州。我大都是徒步游玩瘦西湖的,湖很大,也很瘦,但路很长,走得很累。半天下来,又饥又渴又乏,玩意跑了,诗情画意没了,瘦西湖能留在脑子里的印象只是盈盈荡荡的水,还有五亭桥、钓鱼台、徐园。

过去的扬州在我心里去了也就是去了,玩了也就是玩了,仅是慕个名,图个轻松心情。偶尔一次机会,南通的一个老作家颇有点神秘地问我,你知道吗,朱自清是出生在你们连云港海州的。我是知道一些朱自清身世的,他的祖父叫朱菊坡,在海州供职过,他的父亲叫朱小坡,在海州做过事。但南通朋友一句极普通的话一直在我心里荡来漾去。南通朋友送了我一本他写的《朱自清》传记。

银杏教会我们成长

幼年的朱自清取名自华,五岁左右迁到了扬州。朱自清一手牵着连云港,一手牵着扬州。我曾为寻找朱自清丢失在海州的出生地失落得哀怨、喟叹,又曾为朱自清出生地的发现激动得爽笑。

一条宽阔清亮的河流徐徐地蜿蜒过朱自清出生的故居。你能怀疑,这条曾绽放着朱自清稚嫩笑语的河流漂浮着朱自清的童真、绚丽的想象和憧憬吗?你能怀疑,这条河流没有淌进扬州瘦西湖里吗?

一个朱自清,让我对扬州有了另样的心境。

我在瘦西湖寻觅朱自清,聆听朱自清。

瘦西湖的主人为我们安排乘船游览瘦西湖。水上的瘦西湖在细雨里是另一番美景,另一番心情,另一番喟叹。扬州是水做的。要了解扬州就要了解扬州的水,要了解扬州的水就要了解瘦西湖。

朱自清是了解瘦西湖的,所以他写出了美文《扬州的夏日》。朱自清把人生酸楚的泪水滴进了瘦西湖里,一湖清水给了他慰藉。朱自清把太多的无奈撒进了瘦西湖里,一湖白云堆起了群山;朱自清把高洁傲骨埋在了瘦西湖里,一湖荷花亭亭而立,洁白无瑕。

瘦西湖临风摇曳的风情给了朱自清的气质、品格、才俊。朱自清的超凡脱俗给了瘦西湖一道与世不同的飘飘仙仙的风景。你能说朱自清笔下的小桥流水、草木扶疏、月圆花好不是瘦西湖的景致,不是长堤袅娜春柳、徐园红流花韵、长春桥碧水东流、小金山清光水月?你能说瘦怜怜的一介书生朱自清拒不接受西洋人的面粉的风骨不是瘦西湖所凝铸的?

承载着数千年历史星光的瘦西湖,因一个瘦而楚楚丰韵,因一条大运河而两堤花柳，因一掷千金的盐商而一路楼台，因几朝皇帝而歌颂沸天，因一个朱自清而瘦得有神有骨。

朱自清写在瘦西湖上，写在水上、荷上、月上、船上、柳上、桥上，写在我的眼里、心里。

时光在瘦西湖上流淌的很快，不知不觉的，朱自清离开瘦西湖八十多个春秋了。潇潇春雨软软地飘洒着戚戚的愁绪。

在如烟的细雨里，我离别了瘦西湖。

雨烟中的扬州是安静的，只有雨声呢喃。在车上，在匆匆中，在市区里，在一闪即逝的风景里，我瞥见一条窄窄的长长的街巷里，挂着一个牌子：朱自清故居。呵，朱自清在这里。这街巷和连云港的海州那条朱自清出生的街巷是那样的酷似，窄窄的长长的。这让我的思绪像一片绿叶，又飘飘地落到了瘦西湖上。

插上一朵花

也许，母亲见过玉兰花开放，并且采摘过，感动地嗅过它的芬芳，但她一点也不知道它叫玉兰花。

玉兰花姿态和容貌高雅得像是天上飘游的一朵朵白云，与一个字不识、经常穿着打补丁衣服的母亲原本无论如何也联系不到一起，只因它如同雪一样洁白无瑕，晶莹剔透、粉妆玉琢，与栀子花一模一样。

母亲喜爱栀子花。我们小镇上几乎家家都有栀子树，我家院子里有一株蓬蓬勃勃、欣欣向荣的栀子树，我还没有见过比我家大的栀子树。每到五月，开放的一朵朵碗口大的花儿，像白雪披挂满树上，遮得看不到绿叶，闹得院里院外香气弥漫，蜜蜂翩飞，大人小孩欢声笑语，走路劲抖抖的。

我们兄弟三人，没有姐妹，一家五口人，只有母亲一位女性，我们像巴望春节快快来到一样地盼望栀子花早早开放。栀子树一结青嫩嫩的骨朵儿，就成了母亲的心事，她最忙碌、最累、最烦心，每天还都留心着花骨朵儿长的大小，看是不是露出一丝白色，鼻子贴在上面，嗅嗅是不是有了香味。母亲常常嗅着花骨朵儿，说，有香味了，花要开了。我们只是笑，一丁点青骨朵儿，怎会有香味呢？

母亲头上插的第一朵栀子花不是我们家的，是在街上买的。海边山坳里的人家的栀子花开的早，是海的温润，是宁静的滋养。母亲买花舍得花钱，一点不心疼，一次买上五六朵含苞待放的花骨朵儿，回到家里用冷水浸泡在碗里，每天早上都有花开，母亲头上每天会有新鲜的花儿戴着。

我家的栀子花开时，母亲头上插着花，身上装有花，衣服钮扣眼里也插上一朵花，还让我们衣袋里放上花。邻居家都有母亲送的一朵朵花，一时花开全家，香溢小镇。母亲头发梳得更勤了，眼睛更亮了，说话更甜了，笑声更美了，走路更有神了。我们兄弟开心极了。

栀子花凋谢了，枯萎的栀子花母亲也珍爱得不肯舍弃。这花儿也疼人，泛黄了，瘪了，像真的死了一样，残香依然撩人，母亲把它插在头上，装在衣袋里，盛在碗里。最后，用栀子花做成枕头，余香不散，相随相伴。

花随人性。母亲离我们去了，我家那株栀子树也就去了。只有母亲懂那株栀子树，识那株栀子树，疼那株栀子树，给它浇水，施肥，剪枝，捉虫子，给它的根部在冬天裹上一层厚厚的塑料布。栀子树离去的那年春天，一夜间，从上到下，枝枝蔓蔓，都枯败了。后来，从根部又生出一株新枝，抽出几片新叶，原以为是病树回春，哪知，没两天，青嫩嫩的叶子失去了活泼，死了的叶子像一张破旧的纸。

小镇上的栀子树少了，在春季看到玉兰树托举起来的一朵朵圣洁的白玉兰花，会想起栀子花，似乎又嗅到那久违的花香。栀子树少了，玉兰树多了，栀子花少了，玉兰花多了。我没有闻到过玉兰花的香气，它有没有沁人心脾的香味呢？看那如同栀子花一样的光泽，一样的花瓣与性情，一样的娇媚与品质，我能看到那花魂摇曳着的袅袅娜娜的香气……

栀子花和玉兰花，天下的花都是给女人准备的，给她们开，给她们妆点，给她们看。没有花，女人会失去颜色，世界上也许就不会出现"花容月貌""美丽""妩媚"的华丽词句。花与女人争艳。花衬托、打扮着女人，要不女人的美又能从哪儿来呢。女人懂花，花懂女人。没有女人花不会叫花，或许就没有花，有了也是多余的。没有花，这个世界还有意义？还能有泉水、阳光、鸟啼、音乐？还能有歌声和笑声？这个世界美妙得布满玄机，造物主造就世界显示出无穷无尽的想象力，尽善尽美，美轮美奂，有阴有阳，有海有山，有男有女，有女有花。

花延续着女人的生命，女人延续着人类的生命。

栀子花唤醒了母亲一个朴朴素素女人的渴慕美丽的天性。

打山洞的叔父

叔父老了,他常常坐在家门口的夕阳红辉里,仰望着对面的大山。

我看见,他眼睛里时不时会闪耀着湿漉漉的泪光。

叔父只能回忆大山了。他有像大山一样魁梧、结实的体格,但这一辈子没有做出一件像大山一样沉甸甸的大事情。

叔父这一辈子引以为豪的也就是曾参加过开凿北云台山隧道。

我见过他怎样开凿隧道的。那是四十多年前了。他之前一直在港口码头八队做工人,八队是一个老人班,大凡进去的人都相当于"退二线",享受干轻活的待遇。叔父自以为体魄强壮,分配到八队是对他的不尊重,人前人后忍不住发泄不满情绪。

叔父来到坑道班了,开凿云台山隧道。

坑道班没有几个人,几人一组,每日轮转开凿隧道。叔父冬天去上班，身上穿着的一件破棉袄上，紧紧勒着一根草绳。进了隧道里，他头上戴着藤条安全帽，脚上穿着高筒水靴。他的劳动工具不是今天轻便快捷的电钻，而是原始、笨拙的铁锤和钢钎。叔父喜欢抡铁锤，嘴中喊唱着山歌般的号子，手中的铁锤一下一下准确地夯在钢钎上，发出清亮铿锵的声音。

有时，扶钢钎的人怕叔父抡铁锤太累了，换下他，让他扶钢钎。这时，叔父半真半假调侃说："你行吗，锤头不要砸我手上呀。"嗨，真的被叔父说准了，那人铁锤没有砸到钢钎上，落到了叔父手上。使铁锤的人很懊丧，说："我对不起你，伤得厉害吧？"叔父爽朗地笑了，甩一甩疼痛的手，轻松说："一下两下砸不伤我，我是什么身体？"

在别人眼中，开凿隧道是一个又累又脏又危险的活。隧道里的顶部塌陷过，还掉下过一块几吨重的大石头，所幸没有伤到人。

有的人坚持不住，离开了坑道班。

叔父没有走，没有背叛隧道，一干就是八年。他把自己当成炉里燃烧的煤球，还没有烧完怎么能够冷却、倒出来呢？他心属于隧道，把这里当成了家，在这儿住下来了，在这儿做饭升起了精彩的炊烟，在这儿伴着一天星星睡觉了。

我二娘是围绕着叔父转的一个女人，她在心里紧紧抱住叔父，她怕叔父吃不好睡不好会生病，追到隧道里来，要他下班回家。叔父直脾气，用几句带火药味、冒火星的话就把二娘撵走了。

叔父生病了，常年在阴凉、尘埃飞扬的隧道里打眼放炮，最容易患上严重的矽肺和关节炎。

一座绵延起伏的大山，让叔父他们开凿出了一条气势磅礴的隧道，开凿出了一个铜墙壁垒般的民防工程。

隧道打通了，但一时不能通车过人，要封闭起来。领导问叔父："你是回八队，还是有什么其他想法？"

叔父说了一句完全出乎意料的话："能同意我走一遍坑道吗？"

叔父退休了。他老了。

叔父常常看着大山。他是在看隧道，看那像大山一般厚重的隧道与自己生命的魂魄，那隧道里仿佛是一天的星星，闪亮着一条条河流、一块块田野、一缕缕炊烟……

好老头汪曾祺

这几日，无心做什么事，心里老是想着汪曾祺先生去世的事。给南京《汪曾祺传》作者、评论家陆建华老师家里打了一个电话，想听到一些有关汪老去世前后的情况，家人说，陆老师不在，明天去北京，送别汪老。

从江苏电视台专题报道中倒是知道一些有关汪老去世前后的情况，他是在四川刚刚参加一个笔会回京，就猝然去世了。

说真的，我和汪老并没有什么过深的交往，最多可以说，有过几次幸运的擦肩而过谋的机会。一次是二十世纪八十年代初，他来连云港专程看花果山，还有一次是我在北京鲁迅文学院进修，他给我们授课。那天，发生在汪老身上的一个细节，让我至今不忘却，像一尊不倒的雕塑，站在我的灵魂中。

人有时真是太虚弱了，像河水匆匆忙忙而去，又如昙花一现，今天存在着，说呀乐呀，什么都想着，似乎要主宰着世界上的一切；明天突然不在了，像被一阵风刮跑了，什么也不想了，什么也不是了，只能是大地上一抔土。

一个人，一个作家就这么走了。怎么能够相信他真的走呢？这一个文学大师、沈从文的学生，根据《芦荡火种》改编的京剧《沙家浜》作者之一，六十五岁写出《大淖纪事》《受戒》这样的好作品，饮誉全国。有人说他"大器晚成，炉火纯青"，我说，他是大器早成，晚时纯青。

汪老来连云港只有一次。那年，他大约六十几岁，不多的头发几乎全白了，穿着一件朴朴实实的黑风衣，走进初冬的连云港。他讲话不多，但凡讲话，像他写的京剧唱词一样凝练、有韵味，而且幽默、风趣。他玩了花果山，看到了冬桃，说花果山名不虚传，真是"八节鲜果不绝"。他喝了连云港的"花果山山楂酒"，兴致很高，说很好喝。他说："'花果山山楂酒'的名字还不吸引人，应该改成'美猴王酒'或'琼浆玉液'。"

"花果山山楂酒"给汪老留下了好印象，几年后，我在北京鲁迅文学院学习，汪老来了，课间时，我对汪老说，你去过我们连云港，还上了花果山。

汪老点点头，和蔼地笑了笑，说，连云港有花果山，特产山楂酒。

我说，你在连云港不是为山楂酒重新起了几个名字嘛，有"美猴王酒"和"琼浆玉液"。

汪老说，你们山楂酒搞好了，我也沾光，要知道，我是江苏人，我们是老乡。

汪老在中国作家的方阵里，短篇小说占有独特的地位，浓浓的高邮地区生活气息，与众不同的审美视角，隽永的内容和空灵纯净的艺术感觉，美美地醉倒了一批又一批读者。就是这样一个让大家喜欢的作家，一个微小的生活细节令我动容。

这一天中午，我正在饭堂里排队买饭，无意中瞥见讲过课的汪老独自坐在饭堂的一个角落里，默默地吃着四菜一汤。一个受人尊敬的作家，学院请来授课的老师，怎么和我们这些学生在一起吃大锅饭？我愣愣地站着，忘了排队买饭。我想了很多，想了鲁迅的一句话，吃的是草，挤出的是奶……

汪老吃完饭，静静地把几个碗摞起来，一双筷子放在碗上，踽踽地走出门……

后来，我问了老师，汪老怎么一个人在大堂里吃饭。老师说，请他去后边雅座间里，他不去。他是个好老头子，从不喜欢麻烦别人。

汪老一个人在大厅里吃饭和独自踽踽地走出大门的背影，我一直忘不了，随着年龄大了，对他的记忆变得越来越深刻和清晰……

亲和思念

码头工人刘国华走了；生在海边热爱大海钟情海鲜的"锁鲜斋"斋主刘国华走了；小说《六封信》的主人刘国华走了。

一个身躯钢铁般结实的人竟然就这样轻而易举地走了。人真的脆弱。

死亡似乎永远与刘国华无缘。他是一个不怕死的人，是一个蔑视死亡的人。他把生与死看得如云卷云舒，自自然然，轻轻松松。没有生即没有死，没有死即没有生，吐故纳新，新陈代谢，人生规律。

人生的过程是要接受死亡胁迫和挑战的。死亡这只黑色的大鸟在 2003 年 8 月一个平和的日子里盘旋在刘国华身边，扑打着翅膀，旋起冷冷的气息。

有人说，死亡走来时是能够看见的；也有人说，死亡的降临来无影去无踪。刘国华对曾来临过的死亡毫无察觉。

当时，我去连云港中医院看刘国华，他谈笑风生，说话声音的力度，脸上透出的神采，眼里闪出的快乐和幸福，与病房窗户外庭院里簇拥着的五颜六色的花草树木一样奕奕生动。他的孙子一直陪伴在他身边。

我看到了祖孙之间这条河流荡起的斑斓的感情涟漪，感受到了当爷爷的刘国华对人生的满足。然而，谁想到，死亡大鸟就潜伏在笑声背后，仅仅相隔二十几天，当我和文友魏琪从南京开会回来，刘国华在连云港市第一人民医院抢救室里正在抢救。死亡大鸟张开双翅的阴影笼罩着夜色弥漫的抢救室，我们站在他的病床前，守候在他身边，轻轻而焦灼地唤道：刘老师，刘老师——

刘国华终于艰难地睁开眼睛，直直地盯视着我们。我心疼痛，情感的潮水呼啸着撞击五脏六腑：我的老师刘国华身强力壮，怎么就这样孱弱无力乖乖睡在这里；我的老师刘国华对学生有着舐犊之情，为了让我在文学这条又深又急又冷又热的河流里跋涉，他背过我，搀扶过我。我能跨进文学的门槛，是他在我面前铺上道路，撒满阳光，推开大门。

不该忘却的肯定是沉淀在心底里的。感情怎么能够忘却呢，在寒冷艰辛的日子里，看到一点阳光，就有春的抚慰和生活的亮色；给一点火烛，就有雪里送炭救人一命的恩德。在艰辛的日子里，刘国华用火烛照亮我灰暗冷寂的心底。

高中毕业后，我插队在中云乡云门寺村，这是一个偏僻的小山村。远离父母，一种孤独让我茫然，什么是未来和前途，什么是抱负和理想，缥缥缈缈，一无所知。该怎么感谢文学呢？二十世纪七十年代末，文学的神圣让人高山仰止。

我属于仰望者，追求者，属于一个野心勃勃的文学青年。农村艰辛的劳动，窘迫的生活，恶劣的环境，都没有能够阻挡住我像江河一样奔流的文学激情。文学简直是我的人生，是我的理想，是我的精神，文学是我这个人存在的最大理由，为文学我可以舍去性命。不过，文学的道路太难走了，拥挤在这条小道上的文学淘金者千千万万，每天每时每分都有淘金者被从小道上挤下来，最后能抵达终端的是凤毛麟角。

我在山村里发疯般地写小说，书稿一摞一摞的，可没有一个文字能在报刊上出来。我苦闷，如生活在云雾里，在云雾里看文学这朵娇艳的花。

这时候，幸运的祥云降临于我，刘国华来到了我身边。当时，他是市文教局副局长，中云乡相邻的宿城乡市学大寨工作队队长。他听说我正在创作一部中篇小说，专程赶来看望。那是一个上午，刘国华骑着一辆半新不旧的永久牌自行车，风尘仆仆来到我的住处。要知道，刘国华是全市文学工作的拓荒者，在他从省文联创作组调来连云港之前，这里的文学一片沉寂荒芜。他开垦了连云港的文学土地，一批批作者在他创办的《群众文艺》上发表作品，从连云港走向全省。一个个作者的名字在我心里是光芒万丈，如同黄钟大吕，震耳欲聋。想一想，现在刘国华骑着自行车走了二十里的路来看我，我怎能不格外激动呢！

他走近我身边，坐在床沿上，喝着我倒的一杯白开水，翻看着我写的一摞文稿，不时地微笑，说上几句话，哪里看出是一个局长，一个市里学大寨工作队队长，一个名声绕耳的文学前辈，他更像一个朋友、一个老农、一个父亲。

在文学创作成长的道路上，刘国华对我是有着决定性影响的。在农村插队的几年间，我文学创作能够那么勤奋，发表作品数量之多，质量提高之快，凝聚着刘国华的心血。

凡是作者都不会忘记自己的处女作发表时那个激动心情，那是石破天惊，那是一次新的生命诞生。

我的处女作发表是刘国华力荐的。那篇东西叫《还是当年的英雄》，写的是农村内容，现在看来有些幼稚可笑。当时脱稿后，可谓喜形于色，把自己这一辈子一夜成名当作家的梦想全寄托在它身上。

稿件交给刘国华后，我是朝朝暮暮惦记着它的命运，不知会是一个什么样的结果。几个月后，也就是1976年3月的一个上午，我从连云港镇翻山越岭回云门寺，途中经过宿城，到刘国华住处，他见我第一眼就高兴地说，小张，你那小说出来了。

刹那间，我心狂跳不止，热血鼎沸。我不知道是怎么样从刘国华手里接过那一期试刊号《连云港文艺》，又是怎样离开他的寝室。翻开杂志，看到"新人新作"栏目里我的小说题目还有姓名，我觉得那天整个天空是我有生以来见到的最蓝色最清澈的，路边的河水也是有生以来见到的最清亮最欢快的。我捧着刊物，一路反复看着，一直看到云门寺。

在刘国华的激励下，农村生活的三年是我文学创作最为丰收的时期，连续发表了十几篇小说，有一篇叫《忙月》，得到了刘国华夸赞，推荐给全国有影响的刊物《雨花》，刊物小说组长苏丛林给予很不错的评价。后因我忙于招工回城，没有及时修改这篇稿子，失去了发表机会。

1978年11月的一次招工，我和三十个有一些专长的知青进了文化局，我被分配在局机关创作组，那年我二十二周岁。在刘国华身边工作，我才真正了解他。他看重作家对生活的体验，对生活的尊重。他在文学创作上有一句话，形象概括了他对文学创作理解的精深和准确，这句话是，宁吃鲜桃一口，不吃烂杏一筐。他常常挥着大手喊，写小说要重视地方特色，越是地方的就越是全国的，连云港作家作品里要有连云港的海鲜味。

进入创作组不久，刘国华就要求我到港务局码头第一线体验生活。他说，年轻人浮在生活上面，怎么能够写出好作品。

在码头上，我生活了一年，后来，又到朝阳乡挂职生活一年半，写出了短篇小说《十里香》，被苏州作家陆文夫看中，推荐给《江苏青年》，发表于1982年12期，这家刊物在转年的三月号上用《香飘岂此十里》做标题，发表了评论文章。那些天，我看到了，刘国华从心里为我的收获高兴。

刘国华对我的呵护，那点点滴滴在今天汇聚成了一条清澈而雄浑的河流，在我心底淙淙有声地流淌。人可以死去，不死的是爱。刘国华爱我，我爱刘国华。

生命因凄然而美丽

妈妈确实走了,走了整整十年。

感觉中,我的妈妈一直没有走。她怎么会走呢?儿子的肉体是她给的,她的血液与她的儿子交融在一起,他们常常在夜深人静的时辰灵魂与灵魂交谈,那是天籁之音,是人与人相互间只可意会不可言传的感应。她自从分娩出儿子,她的生命就以最高最辉煌的形式确立在这个世界上。

妈妈走了。秋风起时,我会想起妈妈。她身上的棉衣御寒吗?床上的褥子铺上了吗?她一身是病,到这个世界上来,仿佛就是为了遭遇病魔,在苦痛中煎熬。下雪了,我会想起妈妈。她去街上买菜的路落满白雪容易滑跤呀,她手里拄拐杖了吗?春天,我会想起妈妈。是在一个春天,我意外惊愕地发现,妈妈头发几乎全白了。头发白了,妈妈老了。我二十岁时,妈妈头上生出第一根白发,我是在午后温煦的阳光下发现的，它像一根银丝，灿闪闪的。我毫不犹豫地要给她拔去，妈妈不以为然，淡淡地说了一句，年纪大了，都要有白发。我还是拔掉了那根白发。

妈妈走了，一块不大的石碑是她的家园，牵着我万千情感。

暴雨如注的夜晚，我心乱如麻，辗转反侧，不能成寐，忧虑着妈妈在那儿的安宁。一个祭日，一个节日，错过祭奠妈妈，我再站在妈妈的石碑前，低垂的头颅沉重得久久抬不起来，负疚的云翳迷蒙了眼睛，浸透了心，真不知哪一天才会有阳光晒干。

儿子无法面对妈妈，无法忘却妈妈为了她的几个儿子用病弱可怜的身体吃力地支撑起他们头上的一方天，点亮他们生命的烛火。今天，她已成人的儿子简直无法理解，当时病弱得岌岌可危的妈妈怎么能走出家门去帮活，挑起百十斤重的砖头，不可思议一步一步颤颤巍巍地登上四层楼房。她是为了一天二块五毛钱，为了家里嗷嗷待哺的儿子。

悔恨的潮水重重地撞击着儿子感情的堤坝，当时为什么不能帮妈妈搬几块砖头，让她减轻一点负荷？为什么不能端上一碗冷开水，湿湿妈妈干裂的嘴唇？为什么不能递上一条毛巾，让她揩去脸上淋漓的汗水，让她知晓儿子晓得她的甘苦？为什么晚上不能端上一盆洗脚水，让她揩去脸上淋漓的汗水，让她已累得虚肿的双腿多歇息一会儿？她的儿子还不谙人事啊！妈妈为了我们生病的父亲，把买来的一包饼干高高地挂在房梁上，我们偷吃了，妈妈察觉后，骂了我们，打了我们。不懂事的我们，赌着气一夜未归。那天，妈妈伤心地哭了……

妈妈走了,从土地里来,又回到了土地里去。生命的轮回,凄然而美丽。世上的妈妈在儿子感情的天空里,像云絮,生的时候,掠去儿子的忧郁、痛苦、泪水;走后的日子,仍然像云絮,留给儿子的永远是阳光、蔚蓝……

活在自己的世界里

在一间狭小的青砖红瓦房里，我认识了陈武。这是 1986 年春夏之交的事情，离今天整整三十个年头。

记得清楚，那是一天上午，我骑自行车把儿子送到机关幼儿园后，直奔“连云港个体报”，到文友王鄘珊的工作单位准备泡茶“傻聊”。报社里的一切都是简单，几张办公桌前坐三、两个人、橱柜下放一个报架，窗台上有几盆兰花、杜鹃，墙上挂几面锦旗。也许是因了简单，这里人与人的关系也简单、朴素、诚恳、热情，进到小小的空间里，心就松开、放下了。

王鄘珊介绍，我和陈武第一次握手。

对别人的第一次印象能带着自己走一辈子。陈武脸颊白皙，举止文雅，说话不紧不慢，带着笑容。我觉得他不像是刚从田野间走出来的人。

他递给我一篇小说稿子,用谦逊的口吻说:"请张老师看看,提提意见。"

是几页纸的一篇稿子,我很快浏览完了,写的大概是乡下上工下工打钟的故事,文字虽通畅,但内容单薄,平铺直叙。结论可想而知,被否定了。我觉得爱好文学的陈武写小说想发表的路还有很长很长。

陈武听了意见,不住点头,笑出声说:"谢谢,我初次写作,写着玩的,今后张老师多多指点。"这给我留下极深印象。

很快,想不到的事情发生了。短短三个月后,我从西北大学进修放寒假回来,当从《连云港文学》上读到陈武的短篇小说《估衣》,眼前一亮,简直不相信这是他写的,怎么会呢,上次见面看的稿子几乎还不像个小说,现在马上峰回路转,柳暗花明,来了个三百六十度大转弯,写的有眉有眼,有滋有味,风生水起,精彩不断。我在陈武身上看到了别人不常看到的奇迹。

什么是奇迹?陈武就是奇迹。创造奇迹的人离我很近,就在身边,只是我忙碌于繁琐俗事没有看到。我常感叹,陈武这小子悟性好,真是个天生搞文学的料。

陈武在沉默中爆发,不断闪耀出文学的光晕,《小说选刊》《小说月报》《中篇小说选刊》不断选载他的作品,全国短篇小说年度排行榜连续两年上他的小说。其间,有一件趣事:连云港市文联主席、诗人魏琪到北京出席全国文代会,与一个全国著名女作家坐在一起,他问女作家:"你知道一个叫陈武的作家吗?"女作家认真地回答道:"知道,读过他小说。"魏琪抑制不住兴奋的心情,告诉说:"他是连云港人,与我在一个单位。"后来,魏琪在不少会议上讲道:"陈武不简单,我在北京人民大会堂开会随便问一个作家,都知道他的名字。"

人都有秘密,人离开伟大的秘密,是不能够成就真正的事业。

我发现了陈武写作的秘密通道,就像他和爱人有伟大的秘密,他和儿子有伟大的秘密。他和酒有伟大的秘密。

喝酒,陈武喝出了灵气、喝出了才情,喝出了气度。

平日,看不出陈武善喝酒,上了酒桌,他嘴上就像上了锁,寡言少语,偶尔喝了一小盅白酒,坐卧不宁,似乎难以捱过时光。

我们对酒的了解还是太少了,就像酒对陈武的作用的了解一样知之甚少。人实质上是酒的一部分。酒之道,在乎品者之性,出入游心、其味在人。与陈武一块儿喝酒,晚上最好,尤其是月明星稀的晚上,傍着湖水,或池塘也行,再有摆动的杨柳、芬芳的花草、微弱的灯光。他喜欢在这样地方喝酒,明明不能喝,也能一杯接一杯的喝,还能劝你喝,说的话不知哪来的,听了十分耳顺。袅袅酒香,熏人欲醉,这时才看到陈武的美,很美很美,也很帅。

一次,我与陈武享受了这怡然难得的时光。夏日的晚上,几个人在依着湖水的酒店里,邀着月光,伴着杨柳、花香、灯光,举杯对饮。相知的人喝酒不觉醉,头虽沉,心却轻。这晚,我们喝了几瓶白酒,几十罐啤酒,把周围喝酒的人都喝走了,我们还在喝。最后,酒店老板说,店里的啤酒没有了,全被你们喝光了。我们似醉非醉,怏怏不乐地爬起身,走出店门。

微风轻拂,湖水浅吟,月色弄影。走在草木间甬道上的陈武突然兴致勃发，呵呵乐笑。他口中酒香如风，身子有些飘逸似云。我轻轻推了推他，问："喝多了？"他笑道："你才喝多了。"他抢前走几步，站在大家前面，一本正经地说："我给你们跳舞。"我逗乐说："你会跳舞？"他说："没见过吧，老陈会跳天鹅湖。"只见他平平展开两手，一条腿独立，踮起脚尖，翩翩起舞。我们目光投向陈武，兴高采烈，喊道："陈武真会跳天鹅湖啊。"神秘的、难以欣赏的、高不可攀的舞蹈天鹅湖，在陈武足下轻易得到了抒情，我们看到了艺术的另一番灼热的魅力。

喝酒就是这样，微熏是最美妙的状态，像舞蹈，想咋样就咋样，没有黑夜、没有孤寂、没有害怕、没有走不通的路。

这个晚上注定属于我和陈武的。我陪送他回家。我们一边走路、一边聊天。到了他的家门口，他不想进去，说："半夜三更进家里惊动家人，不如和朋友在外聊天。"

他带着我，拐到一个画家朋友的工作室里。画家朋友泡了一壶好茶，说："看来今晚不睡觉了，听你们聊天。"陈武说："你俩先聊着，我睡一会。"我说："这么好的茶，一杯不喝吗？"他说："你们喝，我睡觉。"画家朋友直是笑眯眯的望着陈武。在沙发上，陈武丢头睡了。

画家朋友对我说："你不知道呀，陈武有个习惯，晚上喝酒、睡觉，早上起床写作，他的小说就是这样写出来的。他现在来我这儿，就是睡觉。"

陈武一觉睡到天亮。他醒来后第一句话说："不好意思，让你们没睡觉陪了我一夜。"我说："现在才知道，你是晚上喝酒、睡觉，早上起床写作，一篇篇小说全是这样写的吧。"他不回话，只是呵呵地笑。

　　我信了，陈武喝酒，喝出来了小说，一个人活在自己的世界里真是件好事。

银杏教会我们成长

用诗歌支撑着自己

人的财富最大莫过于拥有一条河流了。

连续多少年,春暖花开时,住在板浦街上的板浦中学语文老师曹兴戈与他的一群老师文友,不断地给我发来春天的讯息,邀去踏青赏花。

见过这样一条壮观大气的河流吗?是善后河,她从远方洋洋洒洒地流过来,绕过板浦时,古老的小镇敞开怀抱,用幽静、用两岸铺天盖地的桃花、梨花、杏花、苹果花,还有一望无际的葱翠的麦苗倾情地接迎着她。善后河宽阔坦荡,轻风微拂,清波粼粼,浪漫微笑。

老曹他们早已准备好一只游河的水泥船,我们一行人顺着小镇狭窄、弯曲的街道,来到镇南端的台阶下泊船处。跳上船,一离岸,四周都是白茫茫的水,我才惊讶地发现,善后河两岸有不少长着芦苇的河汊，泊着一只只小渔船。我们俨然漂浮在水做成的江南水乡。

四月的善后河变成了一幅画，水面上有天上掉下来的云彩，有岸边抛来的五颜六色的花朵。春天的色彩迷住了我，真想永远留下这些芬芳，于是，忍不住地把手伸进水里，抓着亮闪闪的水、捏着悠闲的云彩、逮着羞答答的花朵，让它们在手中变成光溜溜的一小瓣一小滴的水珠，从指缝间像珍珠一样漏下来。

这时，老曹的一个出人意料、华丽的举动给我留下了诗一样雄浑壮丽的印象。瘦小的他，站在船头，打开襟怀，一字一句，抑扬顿挫，高声吟诵徐志摩的诗——《再别康桥》：轻轻的我走了，正如我轻轻的来；我轻轻的招手，作别西天的云彩。……悄悄的我走了，正如我悄悄的来；我挥一挥衣袖，不带走一片云彩。……

一种视野意蕴无穷。我心中的老曹变成了一条大河，只有大河才能拥有这样的宁静、拥有这些瑰丽的桃花、梨花、杏花、苹果花，还有起伏无边的麦苗，拥有激情的绵绵无尽的诗的想象力。

老曹是一个诗人，写了四十多年的诗。人与河流相遇是一种缘分，遇到便是福分，彼此温暖，惺惺相惜。老曹从外乡来到板浦，住在善后河边，看着河流、听着河流的喃喃自语，轻轻地吮吸着河流的乳汁，让他做了一个诗人。他把诗人的"梦"做得比善后河还要长、还要远些，比河的两岸姹紫嫣红的花朵还要烂漫。诗人有火的性格、流河的豪情、凌云般壮阔的理想。诗人更是一个普通人，微小的如一粒沙、一滴水。普通人容易满足，用一只眼睛盯着自己，自己看重自己，热爱自己，温暖自己，创造富有意义的生活。

银杏教会我们成长

我常与老曹走在善后河边谈天说地。我知道一个诗人的痛苦，真正的诗人是一个自我为伴的人，是孤独的践行者。刚到板浦时，老曹想找一个谈诗的人都难，几乎无人诉说、无人可聊。诗人的孤独看似浪漫，实则残忍，这种痛楚不是一般人所理解。他写信约我来，我欣然沓来。有时，他骑着简陋的自行车在前面慢慢地走，我在后面跟着走进他的家门。他的家简陋得如同老曹的诗，朴素无华，一览无余。他坐在桌子前，手指间夹着点燃的香烟，三句话没说完，张口闭口都是板浦那本奇书"镜花缘"，还有徐志摩、戴望舒、席慕容。我细细看着他，老曹的衣服、裤子上留着埋头忘神读书写作时被炭火烤焦的痕迹。我笑了笑，也许当年李汝珍写"镜花缘"就是这个好笑的模样。他带着我逛"李汝珍纪念馆"，一棵长了二百年的皂荚树，枝繁叶茂，让他肃然了，一种敬意弥漫全身，不时用赞叹的诗句发出对生命的敬畏。穿过一片桃林，来到百年沧桑的荷花池，池里满满的荷花，一半青绿、一半枯黄，他蒙着忧伤愁绪的眼睛里浸透惆怅，想念远方的徐志摩。周日的板浦中学校园里，留给我们一片不可思议的安静。我读他的诗，听他朗诵，分享他的诗，他兴高采烈、滔滔不绝地说诗，我看到了一个从孤独的捆缚中挣脱出来的诗人。老曹的诗我读过不少，他的诗不是一气呵成写出来，而是逐字逐句改出来，当一首诗诞生了，他捧着诗稿，在家里、在家边的果林里，含着感情，一遍又一遍的吟诵。他的诗不摆花架子，不堆砌华丽的词藻，靠的是感受、体悟和灵性，质朴不失婉约，犀利又吐兰香。

单纯善良的老曹，用诗歌支撑着自己。生活上的压力累驼了他的背，他也有过诗句中一样的叹息，却没有过抱怨。他仰望着诗，守望着诗。他守着人性的善良、守着心的清澈，不让尘埃玷污、改变。好的诗出自善良的好人，好人常常给别人温热，嘘寒问暖。老曹是这样的好人，有人寻求帮忙办事，他有求必应，不会摇头推三阻四。有时帮忙的事情不成，他惭愧难当，像是自己做错了事。朋友们相聚，他酒量不大，怕伤了感情，硬着头皮喝，常常过量，在桌上酣酣睡着了；也有几次，酒喝多了，他放嗓高歌、午夜酬唱。

河流和诗与老曹相依相偎，像白云恋恋离不开蓝天。

河流都是上善若水。老曹即若水：润物而不争，温柔而不屈，纯粹而不变。

老曹用他的诗给他的学生淬火、锤炼。在一次板浦中学文学社团举办的文学课堂上，面对大教室里黑压压的莘莘学子，我看见了一个诗人老师对学生的舔犊之爱，看见了一道带着大爱和文学才情的闪电蓦然划过。他的讲话，时而如同惊涛冲起、时而犹如小溪淙淙呢喃，激情飞溢，华彩炫耀，理性的光芒直入肺腑，热烈的氛围如同出炉的钢水，熏烤得每一个学生脸上绯红走光。看着老曹，我激动地说，讲的精彩，像写一组抒情诗啊……

板浦的春天时间长，看了缤纷的花香后，接着就有荷花池的荷花惊艳……

板浦有河流，有一条诗意的河流，因而就有了诗，有了一个诗人，叫曹兴戈。

银杏教会我们成长

中国海岸线上一道风景不见了

林怀突然地走了。林怀是倒在异乡土地上，倒在南通市海安县一个叫城东的小镇上，倒在一辆货车的车轮下，倒在又一次骑车考察万里海疆的旅途上。人真的就这么脆弱，像玻璃瓶，一击就碎？我无法想象那山呼海啸、揪心碎肺的一瞬间。我不忍心去想象。我抹不去一个五十岁汉子的壮烈。

他在我心里依然是清晰的。

1988年4月21日那个早晨，他推着自行车走出家门，车上载着四只旅行包，揭开了考察万里海疆的序幕。依然还是清晰的，1990年4月9日那个日子，他终于抵达南方海岸线的终点——广西东兴镇。他激动的泪水挂满脸上，跪下双膝，面向北仑河，深深地磕了三个头。依然是1990年4月24日阳光明丽、鲜花飘香的那天下午，他风尘仆仆地归来了，风吹日晒，他脸黑了，瘦了，黑乎乎的胡子几乎遮住了整个脸庞。

人是脆弱的吗？有的人脆弱，可林怀不脆弱。

林怀是坚硬海水泡大的人。在一次又一次与我抽着烟云雾缭绕的神聊中，我感受到了他对大海的敬重，对大海的渴望，对大海的憧憬，在大海上飞翔的自由舒畅。他是在海边长大的，春夏秋冬都到海里搏击，寻找快乐，寻找信念和自信。用林怀的话说，他是在为徒步考察万里海疆做准备的。

在大海上的林怀是一只大鸟，那飞翔的姿态近乎完美。他曾轻描淡写地向我说起过一个与大海对话的事。

那是一次他下海抢救溺水人的事。当时，正是暮色苍茫，海滩上没有人。林怀完成了每天一次的游泳，正准备回家，猛然听见有人呼喊救命。这时，他才发现有一个人在远远的海水里挣扎。林怀什么也没有多想，纵身跳进海里，用他过硬的水性，用他坚实的体魄，用他的善良、正义、热情，用他的睿智，与大海较量，与大海进行一次对话，从死亡线上抢回了一个人的性命。这，你能说林怀是脆弱的吗？

人的意志、精神、信念、理想能超越自然、宇宙和脆弱的血肉之躯。是一种意志，一种精神，让林怀发现了大海色彩斑斓的风景，他走了进去，实现了梦寐以求的一次蔚为壮观、激动人心的万里海疆徒步行，成了中国第一人，成了中国当代的"徐霞客"，登上了中央电视台《万里海疆》大型专题片……这只有发现了大海万千气象的林怀才会拥有的风光。一个人一生中能有一次这样的风光还不行吗？行了，该行了！

银杏教会我们成长

可林怀不行。他似乎生来就是为了旅行，为了沿着大海行走，为了栉风沐雨，为了在旅行中揽看天上的星光，为了在旷野上睡觉和蚊虫的叮咬，为了饥渴，为了思念妻子和女儿。这一次，他又要出发了。

在我的办公室里，我曾劝他，他的好友和老师都劝他，让他别再去了。他信念如同磐石，改不了。我拉着他的手，递给他一支烟，又在他衣袋里放上一盒烟，送他出门，送他远征，送他又一次壮行。

他精神地抽上一口烟，吐出一缕长长的青烟，在弥漫的烟雾里，自信、执着地走了。谁知呀，这一次，在走的路上，他猝然倒下了。我哭了，心哭了。我哭中国海边上的一个独到的风景不见了。

海是一种眼光

人生离不开一个缘。

我能认识张涛先生离不开大海。我青年时代居住的家在海边，出门可看海，张涛先生的住处离我并不远，他推窗能见海，闭门还能听到涛声。我们都爱海。爱海是一种看世界、看人生、也是看自己的眼光。我们的友情从谈海蔓伸到文学。

他是我文学的老师。我还在上高中时，他已从大连海事学院毕业，来到连云港港口工作。能与他认识，并能交流和往来，在连云镇是一种了不起的荣耀。他不仅是大学生，讲着一口好听的标准的沈阳普通话，人长得也帅气，1.85米往上的大个子，留有一头十分洋气、时髦的卷发，在球场上能打一手漂亮的篮球。

他的家成了我的文学驿站。二十世纪七十年代中后期，国内文学氛围虽然浓厚，但要想读到国内外经典名著仍然是一件难事情。

张涛先生读过大量的中外名著。我踏入他的家门，手捧一杯热乎乎的茶水，他边做事情边不停地绘声绘色地给我讲一个个作家有趣的故事和他们的作品梗概。他分析作品的目光非常独到，让我这个文学爱好者真的大开眼界，如同饮了甘霖，渐渐地从雾蒙蒙的丛林里走出来，看到了文学星空竟如此灿烂，文学殿堂是这般宏大、魅力四射。

张涛先生让我惊讶不已。那个时代，能获得一本小说集是不容易的事。一天，张涛先生送我一本小说集《引航》，我翻开第一篇小说，是他与人合作的《我们都是无产者》，便迫不及待、一口气读完了。第一次读到他的作品，颇有港口特色，语言简洁、明快、优美，平淡无奇的事情，被演绎得一波三折、跌宕起伏、意味深长。后来，这篇小说被本省一所知名大学纳入补充教材。

人是为梦想活着的。张涛先生有梦想，想做一个远洋船长和一个写海的作家，他做到了，驾驭着巨轮，航行在大洋上；丰富的航海阅历和博闻，又丰富了他的文学创作素材，成全了他做一个海洋作家的梦。

《海上天方夜谭》是大海对张涛先生几十年矢志不渝追求的馈赠。可以想到，如果不爱大海、不懂大海、不知道波涛是在浪花引领下层出不穷的汹涌地向前进，张涛先生一定不会去"大海捞针"，也就不会写出《海上寻"鬼"记》《龙舟驶进"三奇王国"》《"书痴"水手和蟹壳'神医'》《大白鲸·棺材》《口袋里的"船碇"》等传奇故事。他不仅要自己爱大海、懂大海、还想要千千万万个人都能去爱大海、懂大海，能用大海的目光去看世界、看人生、看自己，这就是他要做一个海洋作家的理由。

　　大海是看不尽的。所以，张涛先生写大海是写不完的。大海是为张涛先生准备的；张涛先生也是为大海而生的，要不，他怎么会有了一个带"涛"的名字呢！

天空没有翅膀的痕迹

王恒云先生能够把诗从过去写到现在，获益于古老的板浦。

我是在板浦认识恒云的。板浦很小，却是一个让人不得不去的地方。一部《镜花缘》开启一个文学新世界。

恒云在板浦镇做党委书记，我去拜访他，一席关于《镜花缘》的话，以及板浦古街、古巷、静国禅寺的热聊话题后，我们一见如故，成了多年朋友，也成了此生的美好缘分。

在板浦镇，恒云待了很多年，这一阶段，他的生活十分愉悦。我理解，是《镜花缘》和板浦古老的文化让他内心和身体和平相处了，这是其中很重要的原因。

很长时间，我不知道恒云还有文学写作的爱好，发现后，就以为板浦是他写作的"根据地"。他看清了板浦一石一路、一草一枝的风景，也就看到了外面世界上的精彩景致，也就有想对世界说几句话的想法。泰戈尔说过：天空没有翅膀的痕迹，而你已飞过。

恒云确已飞过了。

人的生活道路是由理想决定的。

人的生活道路是由性格决定的。

恒云用自己的思想记下走过来的成长道路，这对于一个写作外的人来说，算是留个见证，可对于一个写作者来说，就不一样了。恒云是在感知世界，理解世界。他在思考，我们这个世界究竟是怎样的？看待世界，看待人生，每个人的看法不尽相同，恒云用诗说出了自己的看法。他走过的生活道路，有桥、有山路、有柏油路、有乡间小道，不论是直线导轨，还是曲线导轨，不论是春寒秋雨、炎夏雪冬，在他看来，每一个阶段都是富有意义的，是美好的，给予了自己人生难得的哲学启悟。其实人生就是由一个个记忆组成的。

在别人读来，可能恒云的诗歌叙述的方式，表达的内容、内涵和思想感情都差不多。我感觉，他的每一首诗都是不同的，像一座山上的草木，乍一看，都是同一个品种，长得一样高，一样的粗细，一样的六瓣叶子，一样的冬天开着白花。

其实，大不一样，只是我们还缺少耐心的发现，没有唤起美好的感情，没有找到一个足够独特的观察它们的视角。我们也许有点三心二意、心有旁骛、浮光掠影、走马观花。我们细细品味，就会发现一棵棵草木都有不同之处，这主要体现在细枝末节上。

恒云写了不少春夏秋冬的诗，仅是写春天的诗就有不少，但各有各的特色和亮眼的地方。这些诗是世界的倒影，有着他对世界独立的理解，表达的感情是丰富多彩的。恒云置身于"一叶一瓣"的空间和时间，借景移情，抒发寄予所有的想象或者梦想，表达出人生的爱意，把有限的"小我"，映射出有限的"大我"，创造了自己，也创造了世界。

因为热爱，恒云才写诗。热爱，是幸福。恒云热爱生活、热爱事业、热爱朋友、热爱故乡、热爱春夏秋冬。热爱，也可以说，是恒云的珍爱，是他对生命本身的珍爱，是他为了生命中的爱与善、光与暖。所以，他的诗情才像清泉一样汩汩流淌，不断有好的诗作出现。

紫金文库

热望的目光

好友张延诗要出新书，叮嘱我写序，让我不由想到20世纪80年代的"文学热"，那情那景，一一叠现在眼前，感慨不已。那是一个文学春潮澎湃的年代，一个短篇小说的发表，常常能让一个作者一夜之间走红，闻名于世。不过，要在大小刊物上发表作品也是很有难度的，质量要求达到了十分苛刻的程度．如果要出版一本书，那就更是难上加难了。

连云港市出版第一部长篇小说是《流水疾风》，作者是部队作家；出版第二部长篇小说是《乱世群雄》，作者是东海县的张延诗。这部书由河南中原农民出版社1989年出版，《河南新书目》（1989年第15期）评介说："这部作品以恢宏的气魄，酣畅的墨笔，塑造了几十个个性各异，形象鲜明的义军英雄。是一部可读性强，独具魅力的长篇历史小说。"第1版发行近七千册，后重版1次发行了两万册。

　　这时，我认识了延诗。他是我见过的最为本分又是脸上挂满笑意的作家。他让我好奇，平时没有露出一点文学写作迹象的粮食学校校长，言语不多，行事匆匆，怎么就能突然间捧出一部37万字的长篇小说，不鸣则已，一鸣惊人。这让我和编辑部的同仁们惊讶、赞叹。

　　我对延诗的惊讶还在延续，他怎么会想起来写农民历史题材，时间和空间的距离，他能准确无误地把握800年前的时代脉搏，熟知那些浩如烟海的生活，了解一个个鲜活的生命吗？

　　读罢大作，那些闪烁着智慧的文字与精彩的内容，我释疑了，他的思想和传统的温厚质地的叙述，驾轻就熟地就滤去了作品中的时空的距离和隔阂，直抵当代人的内心褶皱。

　　古为今用，借今复古。他把现实的东西穿插进历史，写进作品。历史与历史，唐与宋，宋与元等类似的东西互相借用，融会贯通。古人在今人面前活了，今人的心理活动在历史的舞台上演绎得动人心魄。我以为，这是该书成功的主要因素之一。无论是古人，还是今人，都呼吸着空气，吃着五谷杂粮，结婚生子，伤春悲秋，这是时间隔不断而具有的顽强的生存意识。

　　二十世纪九十年代，延诗锲而不舍，一古作气又续写了第二部《乱世风流》，成为《乱世群雄》的姊妹篇，33万字，由大众文艺出版社出版，发行四千余册。

　　张延诗的文学创作成就拽去了我们热望的目光。

　　文学是俗世里的精神坚守，要经得起灵魂拷问。

文学要给人点燃生活的亮光，获取一种站立起来的精神。

文学是一种大雅。在今天商品经济热气蒸腾的大江大河中，文学有点被边缘化，冷清了，曾经拥有的"大红大紫"的辉煌已成过去。时代的跃进和腾飞，文学是要有所放弃，有所坚持，有所捍卫。但是，时代不可能离开文学，因为时代需要精神扶梯。

延诗是文学坚定不移的捍卫者。近年来，他又创作诗词。诗和词分豪放型和婉约型。他偏爱婉约型。他创作的诗词中，无论是抒情，还是婉约，都是拒绝在俗世里沉溺，拒绝心灵被遮蔽，展现出人类心灵的高度，对人心发问，校正灵魂。

延诗的诗词和小说写作始终怀有一种饱满的创作热情，保持对生活的敏感、深入、认知，他曾用小说温暖着人们的心扉，现在又用诗词温热着人们的心房，创造的一个"真善美"的理想世界，成为读者的精神向度，也证实了他所执着追求的文学价值和人生价值。

因为热爱，不懈文学写作，我期待读到延诗更多的文学作品。

致一个文学人

（一）

先认识板浦，后认识秀彬。认识了秀彬后，我认识了板浦的小街小巷，认识了善后河、荷花池、国清禅寺，认识了历史里的板浦，想象中的板浦，《镜花缘》里的板浦，以及秀彬拂动的长发和宽阔明洁的额头上的板浦。

对一个地方的记忆需要缘。

在仿佛中，我看到青年时的一个白面书生，走在初春板浦窄窄悠悠的街道上，夹着书本，眼上两片玻璃后闪烁着若有所思，在寻找记忆。

（二）

举着一把黑伞，从雨巷里走出来，雨丝把秀彬的一绺黑发粘在额上。从这天开始，我玩称秀彬是徐志摩。徐志摩的油纸伞上滴溜溜的水珠滚落下来的一瞬间，是什么滋味，咸淡人间。

从小巷里百次千次走出来的秀彬，一次一次敬畏着小巷。小巷在苍茫的历史时空里沉浮隐现。

文弱书生的秀彬，在历史的老墙下，听到了沉雄的交织着历史与现实的钟声。昂起头的刹那，我知道，他已接受了忠诚，张开两臂，拥抱呼啸的大海。他不甘于小巷的迷恋，不甘于审美的庸常。

秀彬获得了蔚蓝色的寥廓，成了良心之子。

（三）

秀彬带我去如梦如歌的善后河上，乘一叶扁舟，在河上让心思荡漾。能写出善后河宽阔的胸怀，描摹出两岸桃花英姿和落叶飘零的秀彬，不是一个我就能想象出来的心底孕育着文学瀑布的作家。

秀彬的美文写在善后河上，把自己的心思留在河上。他成了自然之子。

（四）

一池碧绿，映日荷花，早有蜻蜓立上头，那是远去的事了。现在的荷花池破败残壁，该摧毁的全不在了，想象不出远去的那些美好。这倒适合文人心境，从中品咂出了些意味。秀彬领了几番文人来荷花池瞻仰，几枝枯叶，疏影横斜，水清浅，点出了几许人间事。不同的人画出了不同的枯叶。

秀彬做事细又粗，为人明了，直来直去，花言巧语被放逐远去。但他有诗情画意。他是性情之子。

（五）

秀彬出书，我想，阅读他的那些文字心底会获得安静的。有一点安静，是多么大的享受啊。

一个有深度的符号

今年夏天出乎寻常的燠热,好歹总算熬过去了。进入心旷神怡的初秋,我正思量着出门会会几个老朋友,没想到,其中的一个朋友不"请"自来了。

他是张延诗。他夹着厚实实的一摞稿子来的。

算来,我与延诗兄交往30多年了,他是我的老哥,是一位让我敬重的文学老师。在我的心里,他有一个印象,像牛一样在文学这条羊肠小道上不停地盘桓、耕耘。他不停讲述心里的故事、倾诉感情和思想,因而,有了恢宏气势的长篇历史小说《乱世群雄》等。延诗兄的历史小说已超越了文学的范畴,成了那个时代的折光,也成了一个有深度的符号。

对牛的犒赏是庄稼,对一个作家最好的馈赠,是作品、是赋予作品中人物生命的光亮。

银杏教会我们成长

这一次，延诗兄又拿出一部新作《乱世烽烟》，是他的第三部长篇。他要我写序。按延诗兄的说法，是要我为该书"画龙点睛"。厚重的历史、纷飞的时间烟云，我能写好这篇序文吗？我有点诚惶诚恐，怕不知天高地厚地说错了话。

历史小说不好写。首先他要具备渊博的历史知识、厚实的文学功底，才能写出有血有肉有分量的作品来。延诗兄写历史小说从容不迫、驾轻就熟，受到出版社的青睐。他的小说内容通俗，可读性强，深受读者喜爱。书的发行遍及全国。现在网上，山西、河南、北京、吉林、湖北、山东、四川、新疆等地书店还均有销售。

这部《乱世烽烟》主要写的是北宋末、南宋初这个时间段的事。这个历史时期是我国历史上最为独特和凄惨的一个节点。金兵攻占中原，京都汴梁沦陷，发生了"靖康之耻"，太上皇徽宗赵佶和皇帝钦宗赵构，及皇娘宫妃、皇室成员、重要朝臣等三千多人被掳去北国，受尽了凌辱。朝政腐败，国家危亡，山河破碎。是民族史上少有的一段屈辱史。

这书以这个历史节点为抓手，在这个历史大背景下，通过发生在江南方腊领导的农民大起义被镇压下去后，他的军马残部在女帅方芝妹领导下，为图东山再起，进行了艰苦卓绝地斗争。从开始的复仇到联合官府抗金救国。书中是刀光剑影、血雨腥风，情节是跌宕起伏，扣人心弦。在内容情节上，作者安排得很富有戏剧性。内中看点、趣点不少，读之饶有情味。

书中大量演绎了北宋末、南宋初这段凄惨历史的一些史事、史料。分析探讨了产生朝政腐败、导致朝倾国丧的历史教训，印证了朝代更替、国家兴亡,"其兴也勃然,其亡也忽焉"的历史规律。分析、探讨这段独特的历史,很有史料价值和警示后人的新意,丰富人的历史知识。

书中还有对家庭、夫妻情、男女情爱的动人描写,特别是女主人公爱情上一波三折、潮起潮落,情节处理得吸引人和感人,催人泪下,令人叹惋。

总之,延诗兄这部新作写得很有趣味性、知识性、可读性,有不少看点、乐点和激情点。也反映出他在写作方面更成熟,作品结构、笔法都趋老到和专业。

读了延诗兄的书稿,一荡整整一个夏季的暑气,顿觉胸廓洞开,神清气爽。刚进入秋天,我就有了沉甸甸的收获!

鹰的高度

河流是为大海而准备的；大海因为河流而辽阔斑斓。

每人都是一条河流，想着潺潺有声地流往大海。

有的人看见了大海，可不知道这就是大海。

要知道什么是大海，大海什么颜色，波涛为什么不息，浪花又怎么如雪，这离不开高度。这是鹰的高度。

我的一个文友，叫张国良，与我同年出生。他是江西一个乡里人，武汉理工大学毕业生。他孩童时听母亲讲，有水的地方是好地方，有海的地方是成大事的地方。这句话烙在了一个男孩子的心上。

乡里有纤弱的小河，泛着细碎的涟漪，打着赤脚、扛着一根长长青竹竿的张国良常常会对着河里的涟漪猜想，大海有多大呢，它会有浪花吗？他会顺着小河跑，想跑到大海边。

上了大学，武汉长江磅礴奔流的气象震撼了他，他又想，那大海什么样子呢，它能有长江这么宏大吗？

大海注定要接迎这一个对蔚蓝色充满向往的海之子。

学业一结束，他沿着中国海岸线，向着东方行走，寻找母亲所说的大海。大海比小河大、比长江大，那该多大呀！母亲说的对，大海大，是做大事的地方。

当大海第一次撞进他的眼里，一望无际的波澜让他按捺不住激动的心情。他知道河小了、江小了，人更小了。他感受到了母亲对自己的教诲用心良苦。他独自守着涛声坐了半个晌午。

这一次，他走过了中国许多许多海湾，看见了一个又一个海滨城市。但它们都没有能够留住他，他继续向东走，向东看大海。

在连云港港口，在连云港叫作鹰游的海峡口，年轻的张国良被海天间高高地翱翔的鹰振奋了，收住了行走的脚步。

鹰的高度，俯瞰着大海，万千气象尽收眼底；她腾飞起来就是发现，心怀壮烈，显示意志，执着地扇动翅膀，寻求艰苦挑战；她守着孤独的信念，以自己飞翔的姿势把自己信念进行下去。

张国良寻找大海，发现了鹰才知道什么是大海。

鹰的高度，决定了一个年轻的大学生理想地抉择；鹰的高度，让意气风发的张国良毫不犹豫地留在了连云港。

一个决心，不，该是一个海誓山盟，在张国良心里暗暗写下来：如果有一天我有作为，一定用鹰做企业的名字。

从此，他用鹰的高度开始人生。

鹰在连云港海天间穿云破雾地飞翔。

三十年像三天、像三小时，不经意间一点声音没有就过去了。可是这三十年对于张国良却是轰轰烈烈、山重水复、柳暗花明、振聋发聩。三十年，他磨了一剑，一个叫鹰遊集团的大型企业独步中国，一个叫碳纤维的产品无可推卸地担起了国家责任……

张国良眺望着大海上的霞光，眺望着大海上翱翔的鹰。从小河走来、从大江走来，他站在大海边，更知道大海波光潋滟所拥有的千万内涵……

鹰的高度，霞蔚云蒸，更多的是搏击。

盈尺之间见壮阔

二十年前，我写过画家石仁勇一篇文章，叫《写梅人》，他被誉为连云港画梅第一人。

二十世纪六十年代，石仁勇毕业于南京师范学院美术系。

近当代中国有一个重要的画派——新金陵画派，可以说，南京师范学院一批有作为的教授、走出去的大学生画家独领风骚，灿如星座，如徐悲鸿、傅抱石等顶级大家。

新金陵画派源远流长，江花似火，名家辈出，如喻继高、朱葵、赵绪成、方俊等名流。

石仁勇是新金陵画派的传承人，是国内一线画家。他专事山海画的创作，别开传统山水画的新领域、新境界，创作出了一批享誉画坛的作品。

石仁勇画山海有四十年了。他能与山海结缘，与教授、画家范保文的一番话分不开。大学毕业时，范教授对他说："你去连云港，那儿有画家所需要的条件，云台山不起眼，但靠着大海，有南山之秀，北山之雄。"

他爱上了连云港，爱上了山和海。连云港的山和海成了石仁勇独享的财富。在国内，画大山、大河的人很多，但画大海能有多少人？连云港，大山在海边拔起，海岸线蜿蜒漫长，沙滩安静还带着想象。别的画家没有他却有，他有的别的画家却没有，这成了石仁勇创作的一种优势。他知道，要做到盈尺之间见壮阔，必须要"行万里路，读万卷书"，国内的山川大河成了他行走的范围，他在山中比较、参悟，最后的落脚点连云港就是他眼中放大的世界。

他足迹遍布连云港山海，与山海成了知交、亲人、情人，视山性即我性，海情即我情，身心已与山海交融。云台山把最精彩、最生动的国画细节馈赠了他，中国画的特点全都找到了，山的肌理、构造、形象、皴法。他把几十年的写生积累，用心地选择，将50多个著名的景点，写成游记式的散文，又付诸真实的视觉形象。

在写生和创作中，以传统水墨山水画图式和笔墨展示。他坚守国粹的，有中西相融的，以西代中的，有先西后中的，还有不中不西的。他遵循新金陵画派传承人亚明提出的"先扫地，后绣花"的口号。

大笔的挥洒和细笔的融合，展示出中国画的大气深远的光芒。创作过程中习古而不摹古，着力于真山海之状貌，着意于对真山海之感悟，由山海形貌而入山海神情气质，借古人画理法度而开今日之山海风貌，追求现代繁荣昌盛之时代气息。

在一个画家的创作中，决定其成功的作品只是难得一遇的几个瞬间。这瞬间的过程，叫悟性，苏醒如黎明，觉醒似日出，大彻大悟便如日升中天。

在创作丈二尺幅的《净土》中，石仁勇是四易其稿，历经数月，呕心沥血。当时，他想法太多，追求完美，把一些国画的技法几乎全用了上去，可看了后，总觉得小气，拖泥带水。他苦恼中，听从内心，痛并绽放，回看新金陵画派大家的作品。睿智灵光眷顾了他，删繁就简，成就了一幅大气、沉雄的作品。

山海画与一般的山水画拉开了常见的山水画形式与意境的距离。石仁勇以水墨语言为主，淡着色。石仁勇在书写和塑造山体、城市建筑和海洋波浪形象时，用不同的笔线画不同的形象。他用书法入画法写山石皴法和树林形态，间以墨色变化，又以没有变化的直线精心塑造高耸的现代建筑，体现工业文明钢骨水泥支撑的现代气息，使画面形象有骨有势。在画海景云雾时又以不同层次的墨与色晕染，使画境充溢着变化的韵致，这就构成他笔下的山海画气韵生动的意境。他所面临变幻莫测的大海、现代繁荣的港口、现代城市各式各样形态的现代建筑，这在古人那里是找不到可供借鉴的参考画法。

当一个人调动了自己全部的艺术知识和修养，投入了全部的思想感情，重新找回自信的时候，这种力量是可怕的。

石仁勇用西方艺术的透视方法，利用光和素描造型手法，加上中国画的用墨手法，表现出大海的动感、气势和内涵。他的《山海奇观》是一幅长卷全景式山水画，是集他山水画成就大成之作，有气有势；他的《海州湾畅想》，以散点透视结构画面整体，而以焦点透视处理个体建筑物，对画中景物的关系处理既概括，又合理和谐，是一幅中国画描绘现代城市景观的典范之作。

　　江苏国画院副院长、画家薛亮评价："石仁勇画海，有独特的表现，一点小小的突破，也是伟大的成就，将写入中国美术史。"

紫金文库

在笔锋下决出生活

先了解了人，才能读懂这人的文章。

好像在冥冥中预约好似的，2007年11月色彩斑斓的季节，市书法家协会赴日本书法艺术交流，我与李敬伟同行，并同住一个房间。

日本山娇水媚。而让我不虚此行的是连云港的一群书法家，他们对中国和日本书法广博与精深的把握和理解，潇洒脱俗臻美的书法艺术，让日本人折服，也让我钦敬。李敬伟是这群精英中的一个。

七天的日本之旅，我与李敬伟朝夕相伴，我们在一个高楼的窗口扶栏眺望日本有名的急流，湍急的明石海峡，在一条舟上浏览倒映在岚山河流里的如诗如画的枫叶，兴致盎然的驻足于神户美术馆、京都会馆、堺市市政府。无论是与日本同行进行热烈的书法艺术切磋交流，还是散步于名胜古刹，或是茶余饭后的说笑，敬伟言谈举止都给我一个极深的印象，不俗。

对人获得一个印象很容易，但要获得一个能让你常常隽永回味的印象不易。

敬伟让我回味。掐指算算，我们来往也有十年了。一个一个生活细节，一件一件工作要点，让他常常在我心里溅起美好的涟漪。他思路清晰，善于思考，不论在哪个岗位上，总能很快进入工作角色。在与同道和上下级的交往中，他为人诚恳，待人热情，从不夸夸其谈，谦虚厚道而有礼教。他的人品与艺品在熟悉他的人中间无不称道。

人做得好，文才做得好。

敬伟是这样的。

追求质朴、平淡、率真是一个艺术家应有的美德，只有具备这种美德才能摆脱虚伪和矫饰，忘却宠辱和得失，才能用自己的生命去亲征真、善、美的崇高境界，才能用整个的心灵去爱恋艺术，创作出隽秀隽永的优秀作品。于艺术之外，要有一颗孤明历练、本性自在的平常心，才能淡却许多尘世间的烦恼，使心头永远呈现出一派光明。

能不说东晋的大书法家王羲之与王献之父子俩是这种旷达、宁静、和谐、洒脱的意境？

敬伟追求"二王"的书法意境，那是疏影横斜水清浅，暗香浮动月黄昏。

敬伟从自己的个性特点出发，多年专攻行草书，把目光积聚到贴近人文精神、更能体现自我性情的"帖"上。于是旷世奇才、"书圣"王羲之的法帖成为他通宵达旦临习的典范，进而下溯到唐、宋、元、明、清诸家，对古代先贤的经典行草书作品大量临写，将自己彻底地融入传统文化的精神渊薮之中。从点画到笔墨，从结构到旨趣，他都意与古会，尽情领略了古代先贤的高尚品格、高超技艺、高深学问。

凭天资、痴情和二十几年执着的追求，他一直坚守着丰厚的中国古典艺术的优秀传统，又以其优异的成绩证明着这一艺术观念的正确。

敬伟书法的突出特点是以韵取胜，用笔提按适度，正侧兼施，转换自然，行笔流畅，结体顾盼呼应，行气连贯而富变化，表现出一种和谐的生机。其作品一般没有大起大落的强烈感情宣泄，没有惊心动魄的感官刺激，而是从容舒缓，典雅娴静。李敬伟先生通过长期的临帖，从"二王"法帖中汲取大量经验技法，有选择地吸收、借鉴，他注重传统，不仅遍临王羲之《十七帖》等法帖，揣摩了魏晋之风，还融会了苏轼、黄庭坚、米芾、蔡襄，参悟了王铎，借鉴了清人墨迹。

敬伟的书法取法帖学，颇有魏晋书风的娴雅与洒脱气息，这表现了他在书法学习中的敏锐洞察力和不俗追求。敬伟对名家法帖的学习有良好的悟性和捕捉能力，他能在短时间内把所学法帖的气息较好地营造出来。"穷源竟流"的学书方法，使他掌握了较丰富的用笔技巧，具备了扎实的帖学功底。

艺术创作，与做人、做学问一样，都是掺不得假的，最终还是要归结到自身的全方位的修炼上的。写字的人，倘欲有所进取，学问修养则是很重要的一个条件。字写到一定程度，再往上一步步提高，几乎全靠不断积累和充实的学问修养来滋补，否则便会出现虚弱贫血、底气不足，甚而至于中途败退。所以，学习书法一要掌握正确的学习方法，对传统有深刻的理解，二要多读书，提高艺术修养和人格境界，三要不违时轮，有敏锐的现代审美意识。

书法相对于敬伟来说，只是一个载体，承载这个载体的却是一种品格的力量，一种超凡脱俗的精神追求。人生、艺术本为一体，人的境界气格关乎书法的境界气格。敬伟没有迷失在时下喧嚣、浮躁的商品市场上流行的书风中，因而其作品多了几份文人雅气，多了几份清新秀逸，多了几份干净利落，也多了几份真情实感。

学习书法，是敬伟一生的爱好和追求，那里有他生命的痕迹。走在漫长的学书之路上，虽然艰辛，苦乐相伴，但在尘世的浮华和喧嚣中，他始终做一个静静的近墨者。每当夜晚他走进自己的书法工作室，月上高楼，星光灿烂，空气清爽，万籁俱寂，顿觉精神赳赳。推开窗户，竹影摇曳，时有清爽的夜风夹着花香徐徐吹来，钟情夜色的灵感女神便悄然而至。此时取一支狼毫笔，用三四个小时，练习书法，与古代经典法帖对话，精彩之处纷纷飞入眼中，揽入心里。

学习书法，需临悟参半，在临中悟，在悟中临，吐故纳新，需博采众长，融天机于自得，会群妙于一心。国内一些高水平的展事和交流，都是敬伟掬取创作灵光的源泉，他常常利用节假日到全国各地观摩一些重要展览。每每从一次展览、一幅作品、一段书论，甚至与书友一次不经意的谈话中，都能受到启发，感受其中的精髓，找到自己思考的契合点。因而，近年每隔一段时间，书道的朋友都会发现他的笔下流露出进展。

我理解敬伟，关注着他在书法艺术上迈出的每一步。有时，我想问问他书法艺术新的打算，他只给我一个莞尔的笑容。这是我意料中的事。但我知道，他心里的话是"艺术最好让作品说话"。在书法艺术的天地里，他立定精神，会在笔锋下决出生活，尽情展现着自己的才华和激情。

禅意山水

一个朋友用他平和、恬淡的人生意境和悠远脱俗的艺术创作给了我一份宁静。

他是陶明君，江苏连云港市书画院专职画家，我的一个三十年的文友。他是国家一级美术师，江苏省美学学会理事，江苏省美术家协会和江苏省书法家协会两栖会员，山东大学艺术学院客座教授，曾在日本、韩国和北京、上海等地方举办过书画展，作品被国内外美术馆、博物馆收藏，出版了几百万字的《中国书论辞典》和《中国画论辞典》等著作。

走进朋友需要时间的颠簸，真正接近渐趋日臻的艺术离不开时间的冶炼。

陶明君对中国文化的理解和把握，是建立在对中国文化研究与执着追求的基础上，在南京中医药学院学习期间，对中国传统医学的学习，更加深了他对中国文化的理解，特别是中医中所阐述的人与自然，即天地人三者的关系，陶明君有着自己独特的理解。中医药的诞生和发展，传统文化是其摇篮，阴阳五行润泽了中医药，中医药滋补和呼应了儒道佛的思想。他大学毕业后分配在一个条件十分优厚的医院里，却又毅然放弃离开，选择去做一个专职画家。他的创作思想已跨入一个灵性的世界，以一种轻灵飘逸又蕴含哲理的画风征服了许多人。

不少艺术家品评陶明君的作品是"禅意山水画"。他以现代审美观念对传统进行全面审视和双向选择，用中华本土文化的精粹去建构非现实的山水时空，寻求超逸境界和人文关怀，展示出空灵冷寂和永恒的山水神秘奇幻的世界，这与陶明君深厚的中国文化底蕴和艺术造诣是分不开的。他知道传统文化积存的意义，对传统的吸收和深入，可以使艺术功力更为精到，更为深邃。他从传统的艺术理论上入手，进行系统科学地全面探赜钩沉、梳理概括、编著一套总计二百万字的体现中国艺术精神的画论、书论、印论辞典。

对丰厚广博的传统文化理论系统性的学习研究，让陶明君跨出自己艺术的"小宇宙"，站到艺术一个较高的制高点上，用思想、情感、灵光，用意绪与自然山水对话，心物交融，倾诉精神，拓展衍生怀。在四十岁生日这一天，他参加一次家乡云台山海宁禅寺钟鼓楼落成盛典与写生，望着青山绿水，云烟缭绕的禅寺，顿时心如莲花般瓣瓣绽放，终于找到苦闷中百思不得其解的画境。他被禅的浓郁的芳菲所摄魄，画起禅意的山水画。

禅意山水画强调画家在孤独自处和静思后，对于天地宇宙物象的直接体验。禅意山水画的真髓，是画家心灵深处的冥想，深思与吟唱。陶明君故把创作的书画集取名为《禅诗画境》《禅林听禅》《禅心莲语》《禅味书韵》等，开始在"禅诗画境"中寻找禅与诗，禅与画、禅与境，诗与画，诗与境，画与境等互动对读，形成以"禅意"为核心的"禅意书画系列"。

流连在陶明君的画境中，可以感受到那种刹那间的脱胎换骨，清凉通透。在他的画室里，阳光透过窗子，斜洒在画案上，陶明君倚案而坐，整栋屋子几乎是空的，除了墙壁上随意挂着的几副作品，只有客人脚步声在地板上的阵阵回响，一种"禅意"在轻轻地弥散。

陶明君对禅意山水画的风格和图式的探索，主要依据山水画自古分南北二宗，水墨、青绿二体。陶明君在以前水墨山水画中崇尚弘仁、石涛等大师传统笔墨的转换。两种风格的禅意画统摄于对禅诗画境的体悟，不拘一格，构图或实或虚，墨彩或浓或淡，画法或工或写，表现对禅诗画境的理解。

看山是山，看水是水，看山不是山，看水不是水，看山还是山，看水还是水，这是感觉悟的三种境界过程，是禅意山水画最高境界，是艺术创作寻求栖居的家。在陶明君画室里，从他画外进入他的画中，我看到的不仅仅是山、水、云、树，而是一种人文的升华与顿悟，涤荡和回归，之后你会发现山还是那山，水还是那水。

陶明君行走在传统与现代间进行艺术思考和实践。禅意成了他参悟人生的星光，禅画诠释了他对生活的激情，也回响着他艺术之旅的嘹亮而激扬的鼓声。

世界上没有无故乡的人

匆匆走出去,是为了匆匆赶回来。有的人回到故乡,生命是一道影子,像云朵一样虚幻地飘过去。

费永春走出去,是为了回到故乡,故乡即使成了旷野,在他心里也开满芬芳的鲜花。

徐圩,百里盐场的一个在时间的风霜雨雪中几近废墟的小镇,这是费永春签下生命契约的故乡。

世界上没有无故乡的人,只有失去故乡的人。失去故乡的人,常常是丢了故乡。

艺术不能离开故乡,也不能失去故乡。

中外艺术大师们照亮世界的作品都是奔腾不息的心灵中的故乡。

艺术花蕾的感情河流淙淙有声,接迎俏丽的绽放。

费永春拥有了故乡,也拥有了书法艺术。

故乡，是费永春书法艺术的星空。

故乡，是费永春天马行空、无拘无束的想象力。

不长草的盐碱滩上，孤独的观音柳是费永春的想象力。

纤细又沉重的盐河是费永春的想象力。

盐河里的小鱼小虾小蟹是费永春的想象力。

盐河上的跳板是费永春的想象力。

泥泞的羊肠小道是费永春的想象力。

走不出自己的茅屋就不会有发现。费永春走出来了，盐碱滩上铺天盖地的海英菜赐予了他无限的艺术生命。

在秋天，海英菜才写下震撼人心的红色、磅礴大气又浪漫飞舞的交响诗、磐石般的信念与追求。

费永春生命飞翔起来了，他一头长发灵动的飘飘起来，一杯酒、一支烟、一壶茶中，他发现自己，找到自己，创造自己；他发现孤独，找到孤独，享受孤独。孤独是美丽、寂静与悠远的。费永春尽得人生，揽得乾坤。

费永春书法艺术飞扬起来了，他成了"思想的芦苇"，于是，有了"易水寒"的笔名，有了禅心侠骨的妙文；有了桀骜不驯的书风，有了雅致澄清的文人书法。

故乡是一棵没有年轮的树，不会有老的时候。故乡不老，艺术就不会老。

费永春心里，故乡是一棵不老的树，是一棵书法艺术摧枯折朽、春发枝头的郁郁葱葱的观音柳。

紫金文库

故乡写在纸上

连云港花果山是座"仙山",借助着她的"仙气",连云港不少人成了艺术家。

海州画院院长、北京荣宝斋画院唐辉山水画工作室画家、南开画院一级美术师张子文是其中的一个。他自幼生活在花果山下,走在青山绿水间,喝着清纯的泉水,听着百鸟啼转,找到了所爱所追求的中国山水画的秘诀,从而一步步走近中国山水画。2010年,作品《西部情》获中国美协主办的全国中国画展优秀奖;2013年,作品《云中涧》获中国美协主办的"相聚宜兴全国工笔画作品展"优秀奖;2014年,作品《云龙潭》获中国美协主办的"泰山之尊"全国山水画作品展优秀奖,等等。

每一幅作品都是高山、河流、树林、白云中的生命,是那生命寂静、律动、感动又艰辛的颤动。张子文是这样说的。

他出生在猴嘴镇。他的家面对着披翠溢彩的花果山。在运销公司工作的父亲一双长满茧子的手，却能剪出精细、惟妙惟肖的剪纸，这修饰的空间，影响了张子文日后在绘画上对线的粗细、花瓣与叶子的对比感觉。

在他心中，花果山是世上最大的山。他常常流连于山里。

一次，天色渐晚，家人见他未归，四处寻找。这时，他正被一块巨大岩石上面的细纹所吸引，好奇地琢磨着。山涧里的一条小溪像线条般地从山上挂下来，他觉得神奇，兴趣盎然，追寻着爬上山顶。对自然山水这种天生的亲近，在他后来创作中国山水画中永远作为第一次，永远没有丢下。

没有梦想，就没有理想和动力。1983年，张子文21岁，以出色的素描、色彩、图案考入市毛巾厂设计室。他遇到了艺术上的"贵人"，当时的同事，现为省国画院副院长的著名画家薛亮，经他点拨，由以画花卉为主，改画山水、临摹明清传统画。后来，他就读江苏轻工学院工艺美术系，走入天津南开画院，又推开了一扇欣赏灿烂艺术星光的门。

张子文的绘画灵感多是来自于自然中的山山水水。2007年，他对中国山水画有了顿悟，豁然开朗。他在杭州的中国美院山水高研班学习。杭州的中国美院以南派为主，讲究"气运"，突出朦胧的秀美。两年时光里，张伟平、何加林、林海中教授托着张子文，升登到中国山水画高深之处，他看到了空谷幽兰、绝顶上的灵芝，知道了中国山水画的感悟，山水画的"气运"，中国画的点、线、面的和谐瑰丽。

思想大了，眼界也大了。生于南北兼容的连云港，张子文很快不满足了，感觉南派中国山水画虽有"气运"、有"柔"，但还不够得力，不能完全表现出自己的"气运"。他把目光延伸向北京。北派中国山水画以刚劲、气势而崛立。北京荣宝斋画院气象万千，这让张子文看到了中国山水画的胸怀、大气、酣畅淋漓。张子文至今不忘北京荣宝斋画院的陈大利、唐辉两位老师，他们在绘画上教会他手握灵蛇之珠，怀抱荆山之玉。

大悟之后，张子文画下了动人的一幅又一幅画作。他没用"满城尽带黄金甲"的得意绚烂，而是用细腻、含蓄、谦卑、轻柔的笔墨，袒露出艺术的态度；他用心对待一株枯木、一片残雪、一朵云彩、一缕清泉，在困顿中浪漫，在缺憾中赞美，在山壑流水、轻风鸟语中，轻叩生命的价值。

虽然，他年近半百，也时常漂泊在外，但对家乡的眷恋之情依然如故，以惊叹而敬畏的心情来回应自然。他深深地汲取了自然山水给予的营养，通过笔墨把故乡表现在纸上。

张子文一直在想着用怎样的绘画语言来描绘家乡的美景，连绵起伏的云台山脉串起许多有特点的景色，猴嘴山那块如石猴端坐凝望大海的山石，孔雀沟那郁郁葱葱山丘密林，云中涧那跌宕起伏的瀑布等等，无不震撼着张子文的灵魂，家乡的山山水水总是魔力般地吸引张子文不知疲倦地一遍一遍去观读她、了解她、融入她，以至于张子文的画笔一直在跟着张子文的感觉，记录着张子文对云台山的感受，经常游历于家乡的山水之中，使张子文对家乡的山水堆积了更多的情和爱。

近年，他创作的《云中涧》题材就是来源于生活中的景物。"云中涧"位于云台山脉北麓，这里山高林密、涧水深远，常有云雾缭绕，从云雾中观云中涧，如缥缈的天上人间，山势险峻，重峦叠峰，多奇岩怪石，每逢早春树叶初长，深秋树叶似有似无，山脉岩石尽现，一览无余，是难得的入画佳景。

张子文反复思考，家乡的一山一石，一水一瀑，不能单独地描绘某一景，要用更多的素材来丰富她，这样才能生动。从临摹到写生再到创作，是艺术探索道路的必然阶段。

为了突出《云中涧》主题，张子文利用"远则取其势，近则取其质"的常理，用了几种构图，整个画面运用传统写实的方法来表现唯美。张子文觉得使用这样的处理方法才能更好地再现家乡的山水。

《云中涧》这幅画的前景就是张子文心目中的花果山寺庙，"云中涧"位于画的中间部分，而远景则是茫茫大海和高楼矗立的现代建筑，海上云雾的渲染则是用虚拟的方法而产生动感，使画面动静结合，虚实共生，从而表现出山海相拥。海天相连的视觉感受。整个画面在似与不似、写实与写意之间铺展开来。

生活中不缺美。画家张子文用发现美的眼睛，用自然的心境，"风植水而漪生，日薄出而岚出"。他用画笔把家乡的美表现给家乡人，让我们来认识他、欣赏他、接近他。

用刀痕抒情

2009年全国第十一届美展获奖作者中，版画银奖获得者曹明凤是最年轻的作者，引人注目。

曹明凤出生于农村，厚实的生活和艺术思想造就了一个年轻女艺术家与她的不俗成就。离开乡村，进了城市，乡村生活成了她记忆的东西。

在乡村生活仿佛要成为传说时，她发现了与过去的距离，发现了生活中的美丽。她俯视着自己在麦田间奔跑，在山坡草丛里采喇叭花，赤脚在河边捉蜻蜓……她觉得生活虽有点苦涩，却对明天充满希望，生活虽简单而清贫，却奔放和自由。她用具有现代意味的乡土现实主义的版画表现着发自心底的快乐。

沿着现实主义创作道路一步一个脚印朝前走，曹明凤愈发看到艺术的真谛与灿烂的前景，她握住"生活与艺术""传统与现代""中国与外国""主旋律与多样化"的艺术杠杆，如同紧握艺术创作的灵蛇之珠，追求于版画艺术之林中。她向老一辈版画家学习，紧贴着大地飞行，不离生活。同时，她接受外来艺术思想，容纳其他各种不同的创作方法，尝试各种艺术表现手法。创作中不是单一开掘重大主题与重大题材，而是常常追求、探索新的制作技术和新的艺术表现方法的创新。

10多年间，曹明凤先后创作版画20多幅，作品多次在全国大赛中获奖。2005年，曹明凤创作的作品《白露》在十七届全国版画作品展中展出；2006年，作品《秋韵》在21世纪首届中国黑白木刻展中展出；三幅作品被中国美术馆、西南大学、贵阳美术馆收藏。

曹明凤用5个月时间创作了一幅长1.21米，宽0.95米版画作品《豆香时节》，荣获上海世博会中国美术作品展优秀奖，并被收藏。曹明凤的套色木刻版画《秋声赋》获第十一届全国美展最高奖银奖（金奖空缺），第十一届亚洲艺术节优秀奖。

沐浴着乡村的阳光，伴着时代敲击的鼓点，她的创作取材从乡村生活、田园风情到大自然的多姿多彩，展现了充满阳光、清新的美，更成就了她从早期水印木版、综合版到专注于绝版油印套色木刻版画的转型。如作品《翔》表现湿地风光，取材盐城丹顶鹤自然保护区，在一望无尽的芦苇丛中，不时有丹顶鹤的身影掠过。述说人与自然万物的和谐共生的世界是令人心驰神往的。

《透过阳光的花丛》在和暖的阳光下，各种花朵争相怒放，广漠的田野中一片生机勃勃，展现出极强的生命力和适应力。她以东方女性特有的审美视觉反观自然与生命本质,使刀痕抒情,让色彩说话,把观赏者引向纯粹干净的心灵后花园。

艺术创作是艺术家个人的精神活动,艺术家个性和独创性,是优秀的版画家离不开的。一次在深秋寂静的山坡上,她被一丛丛狗尾巴草吸引了,忘记了忙其他事,独自坐在山坡上,晒着阳光,端详着狗尾巴草,她看到了弱小里有脾气、也有倔强的生命。在激动中,她伏在地上细细观察一棵棵狗尾巴草,品味它们细微不同处,仰望它们的生命高度。

连续几次,曹明凤来看狗尾巴草,进行素描。思想一旦升起,就会放射出耀眼的光芒。曹明凤用感情、用思想、用细腻的笔触写下了狗尾巴草,线条极其精细繁复,以至后来成为《野趣》系列版画。

继创作《秋声赋》等作品之后,曹明凤为了经常能呼吸家乡"空气",接地气,从家乡带来一棵棵草木。走进她家里,满眼草木,一片葱茏,缸里有莲叶、石榴,瓶里有百合、残荷,盆里有麦穗、向日葵、高粱,池里有大鱼、小鱼。作品《乐水图》,她很好地把握了鱼群一瞬间的表现和情景状态并进行了细致入微的刻画,色彩强烈,恰到好处地突出了前景主次,使鱼群栩栩如生,更加以鲜活的形象展现在观众面前。

曹鸣凤的作品《清香》,舒放和旷达、热烈和烂漫,用现实主义精神和近距离的观察,将生活自然状态与本身精神真实地呈现出来,托起了艺术家的个性和独创性之美。

热爱自然,热爱生活,自然与生活必然就要反哺。曹明凤牢牢地站在土地上,这是高度、也是视野。

书法如人

　　见到第一面，感觉他直爽、漂亮，舒服的漂亮。

　　他长的是一副文化人特点，大大明亮的眼睛，微翘唇边带着笑意的嘴巴，像似能语言滔滔，一江春水。可他言语珍贵得稀奇，很少说出来，他常常在喧腾一边的寂静中，聆听别人讲话。那时起，我感觉到，什么是寂静，什么是孤独。在寂静中的孤独，显示出一种美，一种浪漫诗意的美。不说话，或少言语，正是他在内心里说话，恰如地球内部灼热奔腾的岩浆。是荒野的性格，是岩石的性格，是泥土、露水、寒风和春风的性格，有高阔的向度，清静的望远，精神的自由，灵魂的纯真。内心里没有伟大与渺小，没有高贵与卑贱，只有谦逊与包容。

　　他的一次"远征"，贺兰山之行，给了自己的"三十而立"一个潇洒又意味深长的回眸：大大小小岩石上的岩画，人、鱼、羊、鸟、鹿、马、牛，每一个生命，是寂静的、是律动的，他在感动中颤动着。他在赞美中愧疚姗姗来迟。

"远征"给予的是文化思绪和哲学启示，是对旧与新的割断，是对昨天与今天的挥泪告别。

平庸到平凡，苏醒到觉醒，像黑暗到黎明的过程。苏醒如天刚见亮，觉醒似东方红，太阳升，大彻大悟便如阳光普照，气势或弱小或强盛，或宏伟或凝重，内在却静水无波，一缕轻云，一笑人生。

书法如人。

我看着薛永生书法的人生。

撒在土地上的种子

我提出要写画家周如水,他憋了半天说了一句话,我不值得写,一事无成。我端详着他,想到了低着头的庄稼,果实饱满、沉甸甸的。

认识周如水是近年的事情,他是市山水装饰艺术设计有限公司总经理,主要搞策划、设计。当听说他是画家,尤其擅长中国的工笔画、山水画,我吃了一惊。整天忙于设计装潢的经商人,能静下来做艺术、沉下去作画?印象中,他话语不多,厚道热情,别人托付的事不会推辞,办的差强人意时,会不好意思而脸红。

他用创作的画向我敞开,颠覆了我的世界。

土地不讲话,可以长出庄稼,让它发芽、抽叶、开花、灌浆、结果。

人寡言沉默,不妨碍内心强烈的太阳照耀,唤醒种子,催促精神力量的迸发。

想不到，偏僻、贫穷、、盐碱地、河沟和芦苇荡也能生长出艺术和画家。生命中的磨难经历没有成为周如水的伤痕，反倒成了一种不屈、昂扬的生命精神，对生活发出热烈的爱。1964年出生在东辛农场的他，家里一贫如洗。穷的黑暗没有挡住他寻找精神的阳光，他的内心被一本本连环画所照亮，开启了朦胧的绘画语言。买不起笔墨纸砚，白天他就在挑猪菜的路上用棍棒画画，夜晚就在自家的土墙上描绘。

东辛农场河边一望无际的芦苇荡，唤醒、召唤、照亮了周如水，他恍然发现脚下的土地，不缺少艺术营养。

我熟悉那一片土地，曾在那里生活过四十天。秋风里，芦苇荡如波涛拍岸一般，汹涌澎湃。可以想象到，周如水当时被自然之美所征服，用铅笔在纸上激情画起来的情景。

想到这些，周如水眼睛发光，他说，那真是一发不可收拾，把课余时间全都用到了画画上，从连环画、宣传册、报纸上临摹别人的作品。

意外获得的一本《中国画》杂志，让周如水走出艺术隧道的暗阴处、走进了光明的新天地。当年上海下放知青送给周如水的杂志，成了他的宝贝疙瘩。他翻看了三十年，以至杂志从里到外被磨损得一片"沧桑"。

我小心地捧过杂志，看了看，是1960年2月号，像一堆泛黄破烂的乱纸片。轻轻揭开杂志，惊愕了，里面有潘天寿、吴昌硕、吴作人、高奇峰等名家作品，还有不少中国画论的文章。

周如水给我讲往事，带着浓厚的感情。我眼前呈现出那个会画点画的上海知青，他教周如水当木匠，学打小板凳，虽简单，四腿八叉，可学问大，做到"四平八稳"不容易。上海知青还把打板凳的诀窍用到了绘画上，以凿榫眼、画线练习艺术基本功。

站在高处，看得远了，周如水的画愈来愈有模有样，成了农场里有名的"小画家"。

文学家柳青说，文学是愚人的事业。我说，画家也是愚人的事业。搞画的人数不清楚有多少，真正作品不朽的能有几个？画家不断受到艺术品质的挤压、超越的催促、传承的拷问。

周如水是幸运的，他在焦灼内心飘摇时，有人帮助了他。

在杨炳昌门下，周如水告别了原来自说自画的"野路子"创作方式，学习西方油画的训练方法，从素描、水粉、水彩等基础重新开始，一点点向专业化转变靠拢。拜王宏喜为师。王宏喜的作品篇幅巨大，用毛笔勾勒出一个个生动的面孔，表现了人们对生活越来越好的向往。他眼中的王宏喜是一座高山。

师父领进门，修行在自己。周如水用心去发现中国画的妙处，要更好地传承它。

回报来了，没想到，他得到的东西关系自己一辈子要走的路。1986年，在东辛农场举办的书法绘画大赛中，他脱颖而出，一举夺得绘画和书法两个第一。周如水被农场破格录用到工艺美术厂，并任美术指导，那年他只有二十三岁。后来，他做车间主任、副厂长、厂长，也没丢掉心爱的画笔。我想，周如水的固执追求，已融入了血脉，成了精神中的东西，他不得不完成自己的人生。

建筑，在周如水作品中是一个亮点，甚而照亮了全画。

我知道，他是南京大学新闻传播学院广告专业毕业，却没有把他所学业、从事的装潢设计与绘画联系到一起。我以为画家的活动只能以展览、写生、读书为轴心，与装潢设计关系不大。看了周如水作品，我心里一下亮了，绘画是用来表达生活，真正的艺术作品是生活感受的一种表现。对于一个画家来说，创作的作品必然是不能被割舍的文化沉淀和生活经历。我认为真正的艺术品是从艺术家的心灵深处产生的。

建筑有画意，建筑会歌唱。发生在周如水身上的常常是奇迹，在电脑没有兴起来的时代，周如水画图纸用的是手，他画过上百张图纸。这成全了一个画家。有人可以把山、水、树、草描画的精细、鲜活，但在画建筑时，匆忙走笔，点到即止。周如水画的建筑，着笔不多，以形写神，形神兼备。

他的作品越来越好、越来越多，成了北京荣宝斋画院工作室画家，一级美术师。外面不少城市越来越频繁的邀请他去搞展览，作品《云台时春》《春色满园》等，多次荣获华东六省一市、江苏省、江苏农垦等相关大奖。

对他的追求精神，我充满敬意。

是低调、谦逊吗？他满脸潮红，愧意说，连云港那么多画家画的真好，我还没赶上，要向他们学习。

他说的有些道理，是实在话。在经商的日子里，他几乎丢下了画笔。可以理解，鱼与熊掌岂容兼得呢？时间是公平的。

他2014年才重新拾起画笔。

我笑话起来，说，你不可能彻底放下画笔，该是身在曹营心在汉吧。能说出这话，我自有道理，他十几年没拿画笔，重新出山，画的画耳目一新，今非昔比，怎么可能呢？

他承认，在经商、没拿画笔的日子里，他的心在想着画、画着画，有时去北京、上海、广州、南京观摩画展。

边品茶、边聊着，我的话多，他的话少。我感受到了一种中国画"空白"的魅力。他像我见过的所尊重的朴素的那些农民，只懂得在土地上躬身撒种，让种子发芽、抽叶、开花。

周如水把生活的种子撒在厚重的土地上，他跟着北京荣宝斋画院导师唐辉、郑百重学习国画，到陕西秦岭太白山写五月的雪，跟着河北美协朋友到陕北榆林写窑洞，跟着海州画院院长张子文他们，到河南太行山、安徽齐云山、查济古镇写祠院和庙宇。每次，周如水都带回来不少写生作品，闭门谢客，一门心思的搞创作。他有两张大的作品，非常大，把黄河流域的文化汇聚到一张作品中来，能看到陕西的香炉寺和连绵不绝的太行山脉，色彩饱满，达到了我。周如水想通过作品，表达人们对新生活的赞颂。

画黄河流域文化的作品在黄河文化集团的一个群展上获得了金奖。

周如水用中国画，向这个世界敞开自己，发出自己的声音，发出生活小溪不倦流淌的声音，发出时代大河奔流轰鸣的声音……

对世界和自然山水的追问

在北戴河，我与南京画家老可不期而遇。

岁月改变着一切，却没能颠覆老可头发的模样，他那一头凌乱自由卷曲的黑发，依然亮堂，依然茁壮，依然浪漫，高亢地吟诵着辽阔的梦想。

我觉得，老可那妙不可得的山水画就在这一根根的头发里。

老可，原名柯强兴，笔名柯江，又名老可，他是画家，书法家，策展人，作家。文人画家古已有之，也是中国书画的正脉所在。老可的文人画中，带有文人情趣，流露着文人的思想，交汇着文人艺术的语境。

文人画是文人们随兴所至，写写文人墨客心府灵境，抒泄胸中的逸气，画外也有文人那股无拘无束、自由自在、"悠然见南山"的气息。

银杏教会我们成长

在书画艺术上跋涉，老可有四十余年了。他插过队，当过兵，打过仗，做过放映队长、文化馆长、省级媒体记者编辑、美编和省级机关公务员。丰富的生活，让他感悟着成长，感悟着自然山水，感悟着中国博大精深的文化，平凡的生活在他脚下走出了精彩的艺术语言。美术作品《风雪十连》《激战千枚岩》入选参展全军和大军区所办展览；《万峰秋色初见红》《家在青山绿水间》《天圆地方》《无意春风寒》《逸气轻绕林间》《飞思在江南》《山涧听春雨》《天青远峰出》《卧游不知还》入选参展于中国美协、江苏省美协等展览。

中国画造型能力来自于两个源泉，一个是临摹前人的作品，一个是"师造化"，向大自然学习。老可在这两个方面开掘，家里美术类书籍在地上有一丈多高，有黄公望、石涛、弘仁、黄宾虹、齐白石、钱松岩等大师的画集。他观摩、揣摩、体味、临摹他们，在他们的构图、笔法、墨法、皴法、意境，包括题款印章等方面汲取营养。他走到大自然中，观察、学习。一次，他到四川去采风，看到山川景物，兴奋地说："我找到了李可染的墨法与意境了！"

审美能力决定一个画家的潜质。名家的指点，是栽种在老可内心深处的艺术种子，如林散之、萧闲、亚明、陈大羽等都给他授过课。

老可养成了读书的杂食习惯，阅读各方面的书籍，更倾力于美术专著。他采用做笔记、向别人解说，以增加自己的记忆、与别人讨论，吸收别人不同的见解等等方法，丰富自己的知识，提高自己的审美能力。老可渐渐地形成了自己的画风。他的画，远山淡淡，有水墨的湿晕，显现出墨分五色的意味。近山历历，有的是用细笔线条切割而成的，有的是用"披麻、解索、折带、牛毛、雨点"等皴法，有的则用勾勒积墨点染而成的，都是很自然的几何图案，有着岩石自然的肌理和质感。树木点点，亭台落落，可以看出宋元人的笔意，清四僧的画境。可谓山有来龙水有去脉，一看三重山，再看几十里。悬瀑飞泉，知白守黑，"活泼泼"的从巅而降，仿佛有迸溅之声和相随的凉意……

山水画是文人画的最高境界。老可的文人画是画中有诗、诗中有画，构图有时大气磅礴，有时曲径通幽，有时山呼海啸，有时阴柔娇美，大多恰到好处地在留白处题诗写字，这些诗词、书法增添了山水画的厚重感与人文情怀。

老可对山水画中的人物有自己的独到的理解。他画的《赤壁怀古》，在那一叶小舟上不但看到了风流倜傥的苏东坡，还看到了东坡夫人和他的小妾。更有意思的是作者不给那个屡屡让苏东坡败下阵来的和尚披上红色的袈裟，也不给东坡夫人和小妾任何的色彩，他敢把女人放在赤壁怀古这么严肃的主题下，已经是最具色彩的色彩了。在这幅画中，他对水墨韵味也做了大胆的尝试，一扫他笔墨干涩的毛病。在画的意趣中，老可表达着自己的品格情怀……

要离开北戴河时，我又见到老可。他要去登临山海关。他说，我一直想画山海关，关外千里冰封，关内草长莺飞，太富有诗意了。看着他兴致勃勃的神情，我看到了一个追随时代、师古出新的画家大气象，看到了老可对世界和自然山水的追问……

一个同学的风景

人生有许多许多心鹜的风景，应接不暇，但又能揽得其中的几个呢？我敬重的美国作家海明威，著作等身，一生中只是揽得喜爱的狩猎、垂钓。中国当代作家陈忠实，一部《白鹿原》写透了渭河平原近现代50年变迁的历史，生命旅途中也只揽得看足球、喝酒吼秦腔、抽雪茄。日本作家川端康成，孤独和忧郁，用音乐赋予了爱新的含义。

看风景要有心境，更要有境界。君不知，我们呼唤风景、看风景，它又究竟回复了多少，内心存下来又有多少。看风景，内心通透，精神从不荒凉，这是留下了风景的人。我的一个连云中学的老同学看风景，什么篮球、乒乓球、象棋、扑克几乎样样都有一套，可他心里只留下游泳、垂钓、书法三样，尽占心情，意气风发，"才华"灼灼。

他是陈胜利。

他是一个有点幽默，且有点个性的人，能左右自己，也能常常左右别人，更能左右想看、看到的风景。例如，他从十几岁下海游泳，只用一个蛙泳姿势，有人说，你游的太单调、难看死了，可以多学几样嘛，像仰泳、蝶泳什么。他说，我是游给自己看，不是游给别人看；他约同学一块喝酒，谁来迟了，他竟能拉下脸，撵走别人，次日，又打电话赔上好话。

个性是一种孤独，是带刺的玫瑰，娇媚喷香，却不能轻易摘得。个性突出的人，乍一靠近，有点扎手，走进去了，才会发现内心温暖、光明，更刮目相看的是强大的内心，痛并绽放，孤独而自由。同学都喜欢陈胜利这种个性，几天不见，心里像缺了东西。我在心底常常赞叹陈胜利的垂钓、书法、游泳。

他的一个蛙泳，从大海游到市区游泳池，一游就是几十年。窗外雪花飘舞，他在池水里劈波驰骋，一鼓作气游出一千米。他把自己当作一条鱼，埋入水中，双臂轻松有力地划水，嘴里均匀、有节奏的喘息，身体自由自在，身心轻松、快乐，他好像为水而生，水也好像为他而生。他激荡起汹涌的浪花，速度之快，让他发现自己的吸氧量是这样的大，体魄是这样的强壮。自由成了一种力量，一种超越自我，在宽广的天空之中，他忘记了生活的琐事和烦恼。意外的是，他拿到了市机关蛙泳五十米冠军杯。

陈胜利与水有缘，还钓鱼，钓出了一个连云港钓鱼协会会长，成了一个名副其实的"鱼王"。也许是为了捍卫"鱼王"这个闪光的头衔，他经常奔波于全国各地举办的钓鱼活动。他是为连云港钓鱼人的荣誉出战，为江苏钓鱼人的荣誉而拼搏。同时，也感受钓鱼过程中的戏剧性，在一次次放线、鱼漂下沉、鱼咬钩，却无法预知结果中享受乐趣。

垂钓人都知晓"鱼王"陈胜利钓鱼的厉害，更晓得他的海钓在江苏的名气，曾在全国海钓锦标赛上拿到第九名，团体第十名，江苏省第二届海钓第一名。海明威的中篇小说《老人与海》，写一位老人捕到一条大马林鱼，鱼将老人和船拖了60多海里。老人与鲨鱼搏斗两天两夜，结果鱼被鲨鱼吃掉一半。生活中的海明威一向以硬汉著称，他是美利坚民族的精神丰碑。我敢说，陈胜利身上有着海明威硬汉的精神，他曾与一条二十多斤重的大鲈鱼较量过二十分钟。

一次，在舟山列岛海钓，一条大鲈鱼咬钩，鱼漂下沉，线子拉直，陈胜利抬杆，想把鲈鱼拉上来。鲈鱼嫌疼了，朝水下蹿，拉着他直跑。直觉告诉陈胜利，这是条大鲈鱼，可能是自己钓鱼以来钓到的最大的鱼，他兴奋异常，心想一定要把这条大鲈鱼拉上来。这条鲈鱼不肯轻易就范，挣扎着，作最后逃生的搏斗。陈胜利使出全身的力气，紧紧攥着杆子，鲈鱼拖着他在湿滑的上礁石跟跟跄跄直跑。跑了五十多米，鲈鱼没有摆脱掉陈胜利，筋疲力尽，突然间，跳出海面，在半空中蹦跳，炸开两腮，撒出一串稀稀拉拉的食物。陈胜利知道，它在洗腮，是它与赖以生存的大海作最后的告别。陈胜利不让它洗腮，怕滑了钩，功亏一篑，赶紧摇轮子，把鱼贴着水面拖过来。陈胜利赢了。这条鲈鱼非常重，拉上岸，陈胜利的体力快要透支了，但他浑身每一个细胞都洋溢着愉悦，享受着锲而不舍、挑战极限、战胜困难的快乐。

水里乾坤大，墨中日月长。陈胜利浓眉下的一双眼睛生气勃勃，亮闪着精明，说白了就是大智慧。2007年起，他给同学一个惊异，喜好上书法了。家里书房里挂着一支支粗粗细细的毛笔，案子上摞着宣纸。同学们喜欢与他逗乐，说，你下水能狗刨，下海能当"鱼王"，当书法家你不行。他眉毛一挑，犟气十足说，我们打个赌，今年过年我能上街写春联，明年你们想要字就得掏钱买。同学"哗"地一笑，直当玩笑。

他玩真的了，像做其他事一样，喜欢上了，就要做得有模有样。他把唐朝以前的所有帖子都临了几遍，在临怀素、王羲之、颜真卿的书法帖上下了大功夫，每天起早贪黑，不少于三个小时。边临摹、边共鸣，在赏心悦目中心荡神驰，心灵得到净化了，境界得到提升了，妙笔生出了外在的美，更是生出了美好的情操。

一年后，他给我们几个同学都写了春联和一幅字。

2008年，四川汶川大地震，他参加了连云港文艺界赈灾募捐大活动。终于他的书法作品登上了《人民日报》，参加了省系统的书展，成了省书协会员。陈胜利练书法，一个个汉字变成灵动的有生命的书法艺术、化蛹成蝶，通照出人生道路的宽度和长度。

看风景，风景也看人，心连心、心唤心，有了共鸣，也就有了属于自己心爱的风景。风景点亮了陈胜利的心，一路照出人生的精彩。

朋友，犹如一本好书

朋友出书，叮嘱我写序，笃定是感情使然，更何况我们是同学加文友呢。

我与刘毅兄相识、相交、相知有40年了。连云中学读书时，我们同届不同班，来往但不算多。1978年，我刚到市文化局创作组工作，这里是搞文学的人格外流连、翘望的地方。刘毅送文稿来，于是，我们一个眼神、一个莞尔笑靥，双手就牢牢抓到了一起。

兴许，我们都是来自连云港老街，大海的吐纳和大山粗粝的风，让我们思想和精神有了共同的栖息地，从此，一见如故，不离不弃。

刘毅兄小我一岁，发表作品却比我早上两年，市文化馆主办的《群众文艺》报纸，经常有他的诗歌、随笔惊艳出现。他发表在《连云港文艺》上的短篇小说《窃书贼》，出手不俗，抓人眼球，赢得众多读者青睐。

时间沉淀一切。

时间的熔炼炉，不断熔炼，不断淬火，让刘毅兄在写作的道路上不断颠覆自己，超越自己，他把文学恰到好处地用到新闻写作中，发现世界、发现中国文化视野下的连云港历史文化、发现周围激动人心的故事，用思想的笔、感情的笔、时代的笔，尽情地倾诉着一点一滴温暖的爱意。

有一个真正的朋友，犹如拥有一本好书，只有给你欣赏、升华和成长，而不会索取。

刘毅兄是这样一个朋友。

做文之前先做人。可以说，做文章的人几乎无不知晓这句至理名言，但能做到的又能有几个？人几乎都有这样的"白内障"，看人都容易，看自己就什么都看不清。我说，刘毅兄无愧于这句话。

刘毅兄是个好人，是个有温度、有操守、有境界的作家和编辑，是个彬彬有礼、温良谦恭的君子。他为人诚实、正直，襟怀坦荡，善于吃亏、把方便让给别人，有求必应，且不张扬；他能忍受一切，奉献一切，对朋友赤诚相待。

他是个办报纸的"老编"了，像土地上的老牛，一声不吭地流汗耕地。当编辑容易，当一个好编辑不易。刘毅兄曾做过两家单位报纸的负责人。约稿、编稿，是他生活的主要内容。不过，他也成了我们撰稿人最愉快的生活缔造者。

在我们面前，刘毅是透明的，在他面前，我们也是透明的，彼此交换着真诚。朋友处到深处，那是心有灵犀一点通的感应。刘毅兄策划的选题，常常惹得我们眉飞色舞，跃跃欲试，激情得想立刻挥笔作文。他带着我们，爬上云台山，穿云破雾，到气象部门采访；不辞路远，去山东幽深的马陵山中读史，校点着中国文化人格和文化良知；风尘仆仆，赴东海桃林一带，沿着郯庐断裂带行走，写出有深度、力度的长篇报道。

刘毅曾给我们一群人策划过几个系列连载文章，那些日日夜夜，我们加班加点赶写文章，饿了，吃几口快餐面，没有人说一声累，更没有人嫌弃微薄的稿酬，只有收获了文章后快乐的谈笑。

往事点滴，如星如光，遥远而可望。

遇上一个好朋友，那是逢到一个好春天。

世界上没有比拥有一个真正的朋友更美好、更愉快的事情了；没有朋友，世界仿佛失去了鲜花和歌声。

我是幸运者。

后　记

赘上几句话。

这本书写了近四十年,它是生活的册页,是阅历,也是生命醒悟的过程。从二十岁开始,每个年龄段,我都会写些散文、随笔类的文章,长短不一,算作是在创作较长作品期间的一种休息、练笔,也算对灵魂的一种洗涤、滋养,对大千世界不断呈现的新生活的思考。最早的一篇文章《海南岛行》写于1981年,发表在当时的《连云港文艺》上,文字虽然稚嫩,但能看到二十岁刚出头的青年人对世界上未知的生活一种新奇的感受,闪亮出对社会、人生的一点思考。集子里的文章,大部分写于五十岁以后,人过半百,磕磕绊绊走过人生大半截,甜酸苦辣尝了,该醒来的醒来了,该明白的明白了,像从黑暗中突然一步迈进黎明,一切都如释重负。搞文学有个好处,能用文字把所思所想的东西描述出来,吁发思想感情。

年轻时，我想过，每走过国内国外一个地方，都要写下点文字。事实上，我根本做不到走到哪写到哪，想一想，去过的地方还真不少，大江南北，长城内外，大山大水，古刹名寺，古城老街，都留下过身影，结果形成的文字很少。事后想来，都是后悔，怨当时恒心不够，不是找理由说感受不深，就是说工作忙。文章有时是被逼出来的，我收在书中的文章很多是被报刊"催促"出来，有的是应约"走马观花"抡来的。其实，被人"赶"着走也是一种活法，赶跑了惰性。

人尽量少留些后悔，该做的事就不该找理由推托，要到第二天、第三天才去做。我们等待好作品的出现，这个时间漫长固然是苦了些，但后悔更苦。我为写出来的文字而欣慰。

作者

2016年12月16日连云港水木华园